Dieses Buch will sich nicht aufdrängen. Es macht keine Vorgaben, was man zu lesen oder zu ignorieren hat, sondern enthält lediglich das Wissen des Buchmenschen und Antiquars Klaus Willbrand. Er erzählt, wie er selbst zur Literatur gefunden hat, welche Schriftsteller:innen und Werke ihn in seinen ersten Lesejahren geprägt haben und was es mit seinem dreijährigen Lesesabbatical auf sich hatte. Am Ende der Lektüre wird nicht nur Ihre Lust an Literatur neu entfacht – Sie werden sich unweigerlich eine große Frage stellen: Was liebe ich wirklich im Leben?

Klaus Willbrand, geboren 1941 in Essen, verstorben im Januar 2025 in Köln, war gelernter Buchhändler und Antiquar. Anfang der 1960er Jahre war er Lehrling in der Kölner Buchhandlung Witsch. Über zwanzig Jahre führte er sein sorgfältig sortiertes Antiquariat in der Nähe der Universität zu Köln. Im März 2024 startete Klaus Willbrand gemeinsam mit seiner guten Freundin Daria Razumovych eigene Kanäle auf Instagram und TikTok – mit überraschend großem Erfolg.

Daria Razumovych, geboren 1991 in Dnipro, ist Digitalberaterin und freie Lektorin. Klaus Willbrand lernte sie vor einigen Jahren zufällig auf einem Kölner Antikmarkt kennen. Die Idee und Initiative für den Social-Media-Auftritt des Antiquariats stammt von ihr.

Klaus Willbrand
Daria Razumovych

Einfach Literatur

Eine Einladung

S. FISCHER

MIX
Papier | Fördert gute Waldnutzung
FSC® C083411
www.fsc.org

Erschienen bei S. FISCHER

Umschlaggestaltung: Andreas Heilmann und
Gundula Hissmann, Hamburg
Umschlagabbildung: Silvia Reimann
Satz: Dörlemann Satz, Lemförde
Druck und Bindung: CPI books GmbH, Leck
ISBN 978-3-10-397703-5

Kontaktadresse nach EU-Produktsicherheitsverordnung:
produktsicherheit@fischerverlage.de

Inhalt

Begegnung
mit Klaus Willbrand

Ein Sonntagnachmittag im September. Klaus und ich sitzen uns im Antiquariat gegenüber, vor uns die aufgeklappten Laptops. Normalerweise steht da noch ein Hocker, auf diesem ein Stativ, das ironischerweise Klaus und nicht mir gehört, darin eingeklemmt mein Smartphone. Heute machen wir allerdings keine Videoaufnahmen. Es ist der erste Versuch einer Wortfindung der etwas anderen Art. Für uns beide. Und zumindest eine von uns beschleichen flüchtige Bedenken, ob sie dieser Unternehmung gewachsen ist.

Klaus starrt auf seinen Bildschirm und erzählt ganz nebenbei eine Geschichte aus seiner Kindheit, dann von der Schreibmaschine, mit der er an die 2000 Seiten Rätsel getippt hat. Es könnte ein offener Affront gegen sein neues Schreibgerät sein, was ich still ignoriere. Dann essen wir den Kuchen auf und trinken unseren Tee. Weit kommen wir an diesem Nachmittag nicht. Ich kriege es mit der Angst zu tun, ob dieses Buch je vollendet werden kann, aber darüber macht sich zumindest einer von uns überhaupt keine Sorgen, und am Ende soll er recht behalten.

Anfang des Jahres 2024 steht Klaus noch vor der Entscheidung, sein über 20 Jahre bestehendes Antiquariat zu schließen. Als langjährige Bekannte und Kundin, und jemand, die beruflich viel mit Social Media zu tun hat, mache ich Klaus einen Vorschlag, den er nicht ablehnen kann. »Wir gehen auf die Kanäle«, wie er so schön sagte, und zwar mit Videos über Literatur. Über Nacht geht er viral, nach ein paar Monaten sind wir bereits in den wichtigsten Zeitungen Deutschlands, und 200 000 Fans später denkt er ganz sicher nicht mehr ans Zumachen. Nur wenige Monate später sitzen wir uns im Antiquariat gegenüber und schreiben gemeinsam an diesem Buch. Manche Träume gehen also doch in Erfüllung, egal wie alt man ist.

Über unser Duo wurden zu Anfang die wildesten Behauptungen aufgestellt. Durch ähnliche Narrative auf Social Media beeinflusst, sind wir auf einmal Großvater und Enkelin oder ich eine Schülerin, Mitarbeiterin, Assistentin. Auch Wochen nachdem etliche Medien über uns berichtet haben, ruft eine Mitarbeiterin des WDR an und fragt, ob sie mit der Enkeltochter spreche. Besonders amüsant ist die Sicht eines wütenden Kritikers, der behauptet, dass hinter dem Ganzen eine Maschinerie steckt, der arme Mann vor die Kamera gezerrt wird und ihm Worte in den Mund gelegt werden. Es sind alles interessante Ansätze, die so nicht stimmen. Wobei ich gerne Zeugin gewesen wäre, wie jemand versucht, Klaus etwas in den Mund zu legen.

Halten wir die echte Geschichte fest. Kennengelernt haben wir uns auf dem Antik-Markt am Neumarkt in

Köln, am 21. September 2021. Klaus und sein Antiquariatskollege Ulrich Doege stellten einen insgesamt acht Meter langen Büchertisch prominent am Eingang zum Markt auf und präsentierten eine unglaubliche Fülle von Literaturschätzen aus den letzten 300 Jahren. Es war eine Art offene Buchhandlung mit zwei kompetenten Beratern. Ich weiß noch, wie ich dort von Freude erfüllt stand und mich gefragt habe, warum kleine Buchläden und Antiquariate systematisch von den großen Buchhandelsketten abgelöst werden, die ich seit langem nicht mehr gerne betrat. Hier war jedes Buch sorgfältig ausgelegt, die Bereiche thematisch sortiert, keine Wühlkiste weit und breit, wie man sie sonst von Trödelmärkten kennt. Ich kaufte mir unter anderem Band 1 der *Recherche* von Marcel Proust aus dem Suhrkamp Verlag, unterhielt mich angeregt mit dem älteren Herrn, der mir seine Visitenkarte in die Hand drückte, und versprach, für Nachschub in den Laden zu kommen. Was ich einige Zeit später auch tat, denn das Gespräch mit Klaus Willbrand entstand bereits an seinem Stand wie von selbst. Er erzählte mir etwas zum Hintergrund des Werkes, für ihn offensichtliche Kleinigkeiten, mir aber machten sie bereits Vorfreude auf die Lektüre. Sein Alter, er war damals frisch 80 geworden, machte mich überhaupt nicht stutzig. Er begegnete allen Menschen mit einer Offenheit, die keine Altersgrenzen kennt.

Das Antiquariat befindet sich im Weyertal in Köln, eine Gegend, die heute vor allem für ihre Krankenhäuser und universitären Einrichtungen bekannt ist, aber geschichtlich eine kulturell prägende Vergangenheit hat.

Hier kam ich also hin, um mir den zweiten Band der *Recherche* zu kaufen, und besuchte Klaus in seinem zweiten Wohnzimmer, wie er es liebevoll nannte.

Das Antiquariat im Weyertal eröffnete er im Dezember 2001, seitdem liegt es still und gemütlich in dieser Straße. Sein halbrundes Panoramaschaufenster ist eine wahre Inspirationsquelle und Einladung für Passanten. Die Regale des 34 Quadratmeter großen Raumes sind bis an die Decke mit Büchern gefüllt; was es nicht in die erste Reihe geschafft hat, steht bis zu drei Reihen hinter dem gezeigten Sortiment. An den Wänden hängen Schallplatten, eingesprochene Werke von Autoren, die mit kleinen Nadeln befestigt sind, mehrere übereinander drapierte Teppiche führen die Besuchenden über einen kleinen Gang vom ersten in den zweiten Raum, wo Klaus Willbrand sie empfing. Dort fand man ihn über 20 Jahre vor, an seinem dunklen Eichentisch im alten Museumsstuhl – meist lesend und alleine. Natürlich hatte er einen festen Kundenstamm, viele gute Freunde und Bekannte, die ihn besuchen kamen, aber das Antiquariat hat sich seit seiner Gründung keiner großen Besucherzahlen erfreut. Ich selbst habe während meines Germanistikstudiums nur wenige Straßen entfernt gewohnt, bin jahrelang daran vorbei zur Uni geradelt und hatte keine Ahnung, welcher Schatz sich hinter diesen Wänden verbirgt.

Über all die Umwege, die das Leben so nimmt, stand ich nun, drei Jahre nach meinem Masterabschluss, in Klaus' Antiquariat und war sofort eingenommen von diesem Ort. Ich sah all die Bücher in den Regalen, die ich während des Studiums gelesen hatte und die ich noch gerne lesen würde, erkannte großformatige Kunstbände, an denen ich mehrere Jahre lang im TASCHEN Verlag im Lektorat mitgearbeitet hatte, und vermisste dieses Gefühl, von Büchern umgeben zu sein. Er erkannte mich auf Anhieb – sein Gedächtnis war beeindruckend –, und wir setzten unsere Unterhaltung über Proust und die Literatur fort. Sie dauerte bis zu seinem Tod im Januar 2025 an.

Mich faszinierten nicht nur die Bücher, die es hier gab, nicht nur sein umfangreiches Wissen, was jahrzehntelang in ihm schlummerte und nur einen Anstoß brauchte, um nach außen zu gelangen. Vor allem faszinierte es mich, dass dieser Ort echt war. Hier war alles authentisch. Klaus, die Bücher, seine etwas schiefe Brille und auch die Maus, die zwischen den Regalen wohnt. Eine Authentizität, die unserer Gesellschaft nach und nach abhandenkommt, weil man überall hineinpassen will. Und alles ebnet sich unter diesem Wunsch. Unsere Wohnungen ähneln sich, die Cafés in unserem Viertel und auch die Buchläden. Klaus interessierte das alles nicht. Die Regale in seinem Laden hat er vor 20 Jahren selbst angebracht, jeder freie Platz wird hier für Bücher ausgenutzt. Und mit seiner direkten rheinischen Art hat er auch schon den einen oder anderen Besuchenden wieder aus dem Laden vertrieben. »Wissen Sie, Sie sollten sich selbst ein Urteil bilden. Wenn Sie in die Literatur einsteigen wollen, müssen Sie eine eigene Meinung entwickeln. Da nützt die Fremdmeinung nichts«, antwortete er einem jungen Kunden, der ihn nach seiner Einschätzung zu F. Scott Fitzgerald fragte.

Mich hat er nicht vertrieben. Vielleicht, weil ihn meine Liebe zu Proust besänftigt hat. Vielleicht auch wegen der Zeit, die ich gefunden habe, um seinen Geschichten zu lauschen. Und er hatte weiß Gott viel zu erzählen. Er besaß diese eigentümliche Art, von einem Thema zum anderen zu springen. Gerade waren wir noch bei Thomas Mann, da fiel ihm auf, dass er mir unbedingt von seinem Bekannten erzählen wollte, der einen echten Bruegel zu Hause hängen hat. Dann redeten wir über den weit entfernten feudalen Teil seiner angeheirateten Familie, bis Klaus geschickt wieder beim nächsten Thema landete. »Habe ich dir eigentlich schon von meiner Reise nach Dublin auf den Spuren von James Joyce erzählt?« Hatte er nicht, und irgendwie hatte ich im Gefühl, dass es eine längere Geschichte werden würde.

Schon beim ersten Besuch hatte ich den flüchtigen Gedanken, dass man sein Wissen digital festhalten und einem größeren Publikum zugänglich machen könnte. Damals arbeitete ich noch in einer PR- und Social-Media-Agentur, deswegen war es vielleicht naheliegend, dass mir dieser Gedanke kam. Ich schlug es ihm beim zweiten oder dritten Treffen vor. »Ein alter Mann auf TikTok – keiner will das sehen«, lautete seine Reaktion. Klaus konnte es sich schlicht und einfach nicht vorstellen, aber es lag nicht an mir, ihn umzustimmen. Zumindest nicht vor etwas mehr als zwei Jahren. Ich besuchte das Antiquariat fortan regelmäßig, das Thema kam aber bis März 2024 nicht erneut auf.

Mir wurde schnell klar, dass das Antiquariat im Weyertal ein Ort der Begegnungen war. Hier sprang man nicht für fünf Minuten rein, um ein Buch zu kaufen. So schnell würde man es erstens nicht finden, und außerdem musste man, ob man wollte oder nicht, zumindest ein bis zwei Sätze mit Klaus wechseln. Hier hatten die Menschen Zeit, stöberten ganz in Ruhe zwischen den Regalen und nahmen manchmal sogar auf dem Stuhl gegenüber von Klaus Platz, um zu plaudern – so natürlich auch ich. Im Laufe der Jahre hörte ich mir unzählige Geschichten an, viele auch doppelt, saß beim Sommerfest bis zwei Uhr nachts mit Sammlern, Uniprofessorinnen, Buchhändlern und Antiquaren zusammen und trank Kölsch. Dann trat ein befreundeter Schauspieler ganz spontan auf – er wollte uns das Gedicht »Die Gier« von Wilfried Schmickler präsentieren, und für einen Moment schauten alle gespannt seiner packenden Performance zu. Einfach so, im Hinterhof eines Mehrfamilienhauses in Köln-Sülz, in dem sich sein Antiquariat befand. Keiner zückte das Handy, keiner hatte den Drang, diesen Moment festzuhalten – keiner natürlich außer mir –, und das ist irgendwie schön. Es wurden Hände geschüttelt, und es fielen ständig wichtige Namen aus der Literaturszene. Horst Nibbe, berühmter Kölner Sammler und Antiquar, trank mit uns bis spät in die Nacht, Roberto Di Bella, Uni-Dozent und Brinkmann-Experte, kam auf einen kurzen Bücherplausch vorbei, Reiner Speck, Sammler und Publizist, schaute, ob es neue Bücher für seine ohnehin überquellende Sammlung gab. Hier wurde ein Leben gelebt, das sich um Bücher drehte, weil sie für diese Menschen essenziell sind. Ich dachte über Buchclubs, Lesungen und größere Formate nach, aber nach diesen Abenden fiel mir ein, dass man diese Atmosphäre nicht konversieren kann. Die Freunde und Bekannten von Klaus führen dieses Leben im Stillen. Und es liegt an uns, der Literatur einen Platz in unserem Leben einzuräumen.

Über die Jahre freundeten wir uns an. Ich besuchte Klaus mindestens einmal im Monat in seinem Antiquariat, brachte literaturbegeisterte Freunde und Freundinnen mit. Irgendwann zankten wir uns über das Bezahlen von Büchern, weil er sich weigerte, Geld anzunehmen, aßen gemeinsam Obstkuchen zu seinem Geburtstag, und ich brachte ihm Blumen vorbei. Regelmäßig klagte er über die schlecht laufenden Geschäfte, und wenn ich mich nach dreistündigen Gesprächen verabschiedete, ohne dass ein einziger Kunde uns gestört hatte, bekam ich eine Ahnung davon, was er meinte.

Im September 2023 kündigte ich meinen Agenturjob, ich wollte beruflich neue Wege gehen und mir eine Auszeit zum Reisen nehmen. Gemeinsam suchten wir meine Reiselektüre zusammen. Auf Klaus' Empfehlung hin nahm ich Virginia Woolfs *Mrs. Dalloway*, Dubliner Kurzgeschichten von James Joyce, Sartres Vorlesungen über *Das Sein und das Nichts*, Hermann Hesses *Siddhartha* und den Briefwechsel zwischen Sartre und Simone de Beauvoir mit. Ich verabschiedete mich für die nächsten drei Monate von Klaus, daraus wurden dann fünf, und als ich ihm im März 2024 wieder in seinem Antiquariat gegenübersaß, war er erleichtert: Er hatte damals keine Telefonnummer von mir und keine Postkarte über die Urlaubsverlängerung, weil ich sicher war, dass sie erst nach meiner Rückkehr ankommen würde. Schnell wechselten wir zu unseren üblichen Gesprächsthemen, und schnell wurde mir klar, dass Klaus kurz vor dem Aufgeben stand.

Sein ohnehin schlecht laufendes Geschäft war nach Corona noch menschenleerer geworden. Wenn er am Tag ein paar Bücher verkaufte, nutzte er das Geld direkt für einen Einkauf oder eine wichtige Anschaffung im Laden. Seine geringe Miete sowohl für das Ladengeschäft als auch für seine Wohnung im selben Haus hatte Klaus seiner langjährigen guten Freundin Ingeborg Reinsch zu verdanken, der das Haus gehörte. Nur so konnte er das Geschäft überhaupt halten. Rente hatte er keine, er war schließlich sein Leben lang selbständig. »Mir war immer klar, ich muss arbeiten, bis ich tot umfalle«, wiederholte er immer wieder, wenn wir auf dieses Thema zu sprechen kamen.

So kam mein erneuter Vorschlag, Social Media für den Laden auszuprobieren, Ende März wie gerufen, und Klaus sagte, ohne lange zu überlegen: »Lass es uns versuchen, ich habe nichts zu verlieren.« Gleich das erste Video ging durch die Decke. Ich erinnere mich, dass wir es zwischen Tür und Angel gedreht haben. Ich hatte noch kein konkretes Skript im Kopf, für Klaus war es eine ungewohnte Situation, gefilmt zu werden. Wenn man genau hinschaut, sieht man es an seinem unsicheren Lächeln in die Kamera. Es war Karfreitag und bereits spät, als ich mit wenigen Klicks ein Profil für das Antiquariat auf TikTok und Instagram anlegte und das erste Video vom Antiquariat hochlud. Eine passende Melodie, ein paar Sätze über den Besitzer und eine Einladung an alle, vorbeizukommen. Danach ging ich schlafen, nicht ahnend, dass es der Anfang vom spannendsten Projekt werden sollte, das ich je umgesetzt habe. Ich öffnete am nächsten Morgen die App und war nicht darauf vorbereitet, was mich dort erwartete. 10 000 Menschen hatten über Nacht das Video von Klaus und seinem Antiquariat angeklickt, und die Kommentare ließen mich zumindest vermuten, dass es noch lange nicht das Ende war. Einige kommentierten, dass sie den Laden unbedingt besuchen kommen wollten, erhöhten mit ihren Kommentaren unsere Reichweite und fanden Klaus auf Anhieb sympathisch. Zu dem Zeitpunkt hatte er noch kein einziges Wort in die Kamera gesprochen. Ich rief ihn sofort an und sagte: »Klaus, du wirst es nicht glauben. 10 000 Leute haben dein Video angeschaut, und es werden immer mehr.« »Wie viele?«, fragte er ungläubig und weil er sehr schlecht hörte, und sagte dann: »Nicht zu fassen. Dann machen wir weiter.« Darin bestand kein Zweifel.

»Welche drei Bücher sollte man gelesen haben, wenn man sich ernsthaft mit Literatur auseinandersetzt?«, fragte ich ihn für das zweite Video. Kein Kalkül, sondern persönliches Interesse. »Marcel Prousts *Suche nach der verlorenen Zeit*, James Joyces *Ulysses* und Franz Kafkas *Prozess*.« Eine Antwort, die uns gar nicht so exotisch vorkam, die aber vermutlich noch kein Booktoker auf diese Weise gegeben hatte. Von Anfang an ließ er sich nicht davon beirren, dass viele vielleicht den *Prozess* von Kafka, aber die wenigsten den längsten Roman überhaupt und schon gar nicht den unlesbaren Joyce angerührt hatten, aber er beantwortete die Frage trotzdem genau so, weil er felsenfest davon überzeugt war. Auch ich ließ mich nicht von

Trends oder meinem einschlägigen Wissen über die Plattformen beirren und stellte ihm am Anfang nur Fragen, auf die ich gerne selbst eine Antwort wissen wollte. Fragen, die ich ihm so oder so im Laufe unseres Gesprächs gestellt hätte. »Würdest du den Beruf des Buchhändlers empfehlen?«, »Was hältst du von der neuen Kafka-Serie?« oder »Welcher Schriftsteller ist unterschätzt?«. So schlossen wir bereits zu Anfang stillschweigend den Pakt, dass dieses Projekt nur funktionieren konnte, wenn wir uns beide nicht verstellten und Spaß daran hatten. Im Nachhinein kommt es mir wie eine Farce vor, dass er mit all seiner Ernsthaftigkeit den Menschen *Ulysses* empfahl und den Beruf des Buchhändlers als vergebliche Lebensmühe darstellte, aber genau das war Klaus' Naturell – er war authentisch. Das war echtes Wissen, das spürte man, und deswegen hatte er so eine Autorität und so eine Magie. Deswegen war dieses gemeinsame Projekt unbestechlich.

Mit der steigenden Reichweite legten wir uns einen Fragenkatalog an, unterteilten die Videos in verschiedene Kategorien – kurz, stellten eine Strategie für das weitere Vorgehen zusammen. Klaus lud sich die Apps herunter, war ab jetzt öfter an seinem Handy und klickte sich durch unsere Videos. Er screente am Anfang sogar die Kommentare, kam mit der Zeit aber kaum nach. Der Erfolg überrannte uns jeden Tag, so dass wir Zeitnot hatten, unsere Ideen in aller Ruhe zu besprechen. Ich kam mittlerweile jeden Tag ins Antiquariat. Klaus erwartete mich mit einem vollgeschriebenen Zettel, auf dem neue Themen festgehalten waren. »Wir müssen unbedingt die Russen besprechen; ich werde eine Liste mit den wichtigsten Schriftstellern und Schriftstellerinnen der Nachkriegszeit zusammenstellen und eine Stellungnahme zum Thema ›Literatur ist Kunst‹ schreiben.« Von meinen zahlreichen Ideen ganz zu schweigen.

Mir wurde schnell klar, dass Klaus eine Website brauchte, denn langfristig konnten wir die Bestellungen, die uns auf einmal erreichten, nicht über Instagram und TikTok abwickeln. Sowieso fing für mich die Arbeit erst zu Hause nach einem Drehtag so richtig an. Ich sichtete die Videos, editierte sie mit einem Schnittprogramm, setzte Untertitel ein, baute Thumbnails zur Kategorisierung und stellte sie auf allen Plattformen ein. Bis heute lese ich persönlich jede einzelne Nachricht und jeden Kommentar durch, die uns erreichen, und versuche sie zu beantworten. Natürlich gilt das nicht für komplexe Fragestellungen, die ins Inhaltliche gehen. Nicht einmal mit Klaus' Hilfe konnte ich Privatnachrichten dazu beantworten, wie er das Werk von James Joyce einschätzt und ob er eine ähnliche Lektüre empfehlen kann. Am Anfang haben wir es versucht, haben sogar der Einfachheit halber Sprachnachrichten an die Follower:innen verschickt, aber mit der Zeit wurde es unmöglich. Wir waren schließlich nur zu zweit. Auf die gelegentliche Kritik hin, unsere Videos seien zu oberflächlich, pflegte Klaus immer zu sagen: »Wir sind nicht im germanistischen Oberseminar, sondern bei Instagram und TikTok.« Und er hatte völlig recht damit.

In der Zwischenzeit beantwortete ich PR-Anfragen, die sich seit dem Artikel im Kölner *Express* vom 4. Mai 2024 häuften, und machte mit den Journalisten und Redakteurinnen Termine aus. Ich hatte Mitte April ein Mediakit zusammengestellt und es an drei lokale Zeitungen geschickt: *Express*, *Kölnische Rundschau* und den *Stadtanzeiger*. Alle meine Mails sind bei den Redaktionen untergangen, der *Express* berichtete schließlich darüber, weil ich über einen persönlichen Kontakt kam. Das war das erste und letzte Mal, dass ich unser Projekt am Telefon vorstellen musste.

Anfangs noch völlig überrumpelt von der medialen Aufmerksamkeit, wurden die fast wöchentlichen Termine für uns schnell zur Gewohnheit. »Also, wenn ich für so was anfällig wäre, dann würde ich jetzt mit ganz breiter Brust durch die Gegend laufen. Aber mir ist das eigentlich eher suspekt, und ich kann damit nicht so viel anfangen«, sagte Klaus inmitten des Medienhypes. Gegenüber allen Journalisten und Journalistinnen wurde er nicht müde zu betonen: »Wir sind ein gleichwertiges Team. Der eine kann nicht ohne den anderen.« Und wenn der Journalist zum wiederholten Male die Fragen nur an ihn adressierte, sagte er in seiner unverblümten Art, er sollte doch jetzt bitte eine Frage an Frau Razumovych richten. Anfangs störte es mich nicht, ich brannte für das Projekt und wollte mich ohnehin nie in den Mittelpunkt drängen. Als ich jedoch im ersten *ZEIT*-Artikel durchweg nur mit Vornamen angesprochen wurde, es in der *SZ*-Kolumne hieß: »Daria hält die Kamera«, und der *Tagesspiegel* es schaffte, während eines eineinhalbstündigen Telefonats keine einzige Frage an mich zu richten, war ich Klaus für seine frechen Kommentare während eines jeden Interviews sehr dankbar. »Dass ich da alleine herausgestellt werde, ist eine Hybris, denn ohne Frau Razumovych würde das gar nicht funktionieren«, sagte er im Interview mit der *FAZ* im Mai 2024.

Überhaupt ist es interessant, was wir in dieser kurzen Zeit alles über die deutsche Medienlandschaft lernen durften. Über gut vorbereitete Gesprächspartner:innen und starke Fragen bis hin zu freien Mitarbeitenden, die nicht zum Termin erschienen, uns mit jemand anderem verwechselten oder eigene Geschichten erfanden. Viele haben über die Atmosphäre im Laden geschrieben, quietschende Stühle, vollgestellte Regale und Klaus' eigentümliche, unaufgeregte Art. Viele stürzten sich auf die wachsenden Zahlen und ausverkauften Produkte und ernannten ihn zum Bookfluencer des Jahres. »Ja, wieder der gleiche Mist, der Mist in Anführungszeichen«, sagte Klaus nach fast jeder Publikation. Denn es ist schwieriger als gedacht, das rüberzubringen, worum es uns wirklich geht: einfach nur um Literatur.

Den Beweis dafür, dass die Botschaft dennoch ankam, lieferten nicht nur manche Medien, sondern die Menschen online und vor Ort. Ich spreche von Teenagern, die ihre Schule schwänzend im Laden standen und sich gegenseitig die Leiter festhielten, bis jeder das fand, wonach er gesucht hatte. Über Schüler:innen einer 8. Klasse, die uns über TikTok freudig mitteilten, dass sie eine Arbeit über den *SZ*-Artikel vom 14. November 2024 geschrieben hatten. Ich spreche auch von den beiden dreizehnjährigen Mädels, die sich im Laden rumtummelten und sich nicht trauten, Klaus anzusprechen. Erst als er fragte, ob er helfen könne, sagten sie, dass sie gern ein Selfie mit ihm hätten; von Stolz erfüllt posierte Klaus mit seinen jungen Fans vor der Kamera. Und ich spreche auch von den Menschen auf der Straße und im Supermarkt, die Klaus zuriefen, dass er gute und wichtige Arbeit macht. Und das alles mit alten Büchern, für die sich in den letzten Jahrzehnten zumindest im Kölner Weyertal kaum jemand zu interessieren schien. Es ging uns um die Sichtbarmachung von Literatur, nicht um ihre Ästhetisierung. Vor allem für die junge Generation, damit sie die Chance bekommt, das Leben mit Literatur für sich zu entdecken. Es war weniger ein Gefühl, das wir vermitteln wollten, sondern eine Handlungsabsicht, die aus diesem Gefühl hervorging.

Der Dokumentarfilmemacher Stefan Eberlein, der im Dezember 2024 ins Antiquariat kam, um über einen möglichen Film zu sprechen, formulierte es so: »Ihr trefft einen Nerv. Es geht ja immer darum, etwas anzustoßen, indem man sich die Videos anschaut. Es regt die Menschen an, darüber nachzudenken, was er oder sie eigentlich ernsthaft im Leben macht, um was es eigentlich geht. Ihr steht eindeutig für eure Liebe zur Literatur, und jede oder jeder soll überlegen, was er oder sie eigentlich liebt, wirklich liebt.«

Wenn mich jemand fragt, was meiner Meinung nach unseren Erfolg ausmachte, dann antworte ich Folgendes: Wir liebten die Bücher so sehr, dass wir uns drei Stunden ohne Pause darüber unterhalten konnten, auch wenn keine Kamera auf uns gerichtet war. Das ist auch der Grund, warum Klaus die Fragen nie vorher bekam und ich mir keine Gedanken darüber machte, welche Fragen ich ihm stellte. Dass es da draußen über 200 000 Menschen gibt, die unaufgeregten Videos über Literatur lauschen wollten, bestätigt nur, dass der Wunsch nach »mehr« auch bei den anderen präsent ist.

Neben all der Arbeit, die sich nie wie Arbeit anfühlte, hatten wir eine richtig gute Zeit. Mittags aßen wir fast jeden Tag zusammen Linsensuppe, unterhielten uns über Gott und die Welt, organisierten ein Sommerfest und eine Buchlesung und tranken sehr viel Prosecco. Klaus staunte jedes Mal über die Geschenke und Briefe, die ihn per Post erreichten, und konnte es nicht fassen, dass wir für unsere Feste Wein gesponsert bekamen – wie richtige Influencer. »Die haben das einfach so geschickt?«, fragte er immer wieder verwundert. Nach den ersten erfolgreichen Verkaufsaktionen lud Klaus mich in mein erstes Sternerestaurant ein – sowohl für ihn als auch für mich eine besondere Erfahrung. Wir feierten alle wichtigen Meilensteine zusammen und wurden nicht müde, auf unsere Erfolge anzustoßen. Bevor es an Weihnachten zur Familie ging, fuhr ich erst im Antiquariat vorbei, dort aßen wir selbstgemachte Teigtaschen und tauschten Geschenke aus.

Klaus Willbrand war ein Mann des guten Geschmacks. Ein Ästhet, »ein Bonvivant« – um es mit seinen eigenen Worten zu sagen. Hier im Laden traf man ihn immer im frischen Hemd und einem Jackett an. Und natürlich mit seinem unverkennbaren Schal. Trotz seines eleganten Erscheinungsbildes war er im Kern jedoch locker, pragmatisch und unverblümt. In Interviews wurde er oft gefragt, ob der Seidenschal sein Markenzeichen sei, daraufhin lachte er nur und sagte mit lauter Stimme: »Hören Sie, das ist keine Seide, sondern irgendein Billigstoff, und ich trage ihn, weil es mich hier friert.«

Als ich ihn im Oktober 2024 im Krankenhaus besuchte, wo er sage und schreibe sechs Wochen lang behandelt wurde, sagte er: »Ab jetzt will ich mir nur das beste Essen gönnen. Ich weiß ja nicht, wie lange ich noch habe.« Als ich fragte, was genau ab jetzt auf seinen Teller komme, sagte er überzeugt: »Ich gehe nur noch in den Biosupermarkt und kaufe beim italienischen Feinkostladen nebenan. Und ich gönne mir den besten Kaffee, den es gibt.« Zum Tag seiner Entlassung sollte ich einen Champagner kalt stellen, »es wird jetzt nicht mehr gespart«. Alle, die das dekadent oder überheblich finden, müssen wissen, dass er die letzten Jahre von der Hand in den Mund lebte. Er war ein Mann, der sein Leben der Literatur gewidmet hatte und den es zu keinem Zeitpunkt interessierte, wie viel er als Buchhändler und Antiquar verdiente. Mit ihm würde ich jederzeit wieder einen Champagner aus verstaubten IKEA-Gläsern trinken.

Später, als er täglich etwas mehr umgesetzt hat, als er zum Leben benötigte, sagte er stolz: »Ich muss circa 700 Euro in bar hier im Laden haben.« »Wozu?«, fragte ich beunruhigt. »Na, falls jemand mit einer Kafka-Erstausgabe um die Ecke kommt.« Natürlich, überflüssige Frage.

Seit unserem Erfolg in den sozialen Netzwerken wurden die Bücher hier auch tatsächlich gekauft. Auch das Konzept der Mystery-Boxen – einer Box mit drei von ihm ausgewählten Werken, die dem Käufer unbekannt sind – verschaffte ihm einen finanziellen Puffer und etwas Luft in den vollen Regalen. Daraufhin kaufte er unverzüglich eine Privatbibliothek aus 14000 neuen Büchern an – eine wirtschaftlich gute Entscheidung, aber so dachte er gar nicht. Die Privatbibliothek hatte einem großen Buchsammler gehört; seine Frau bewahrte sie Jahre nach seinem Tod auf und wandte sich damit an uns, als sie den Artikel in der *FAZ* gelesen hatte. Sie wollte, dass die Bücher an Klaus gingen. Die Kisten erreichten uns nach und nach, und wir saßen gemeinsam tagelang im Laden und packten die Schätze aus. Wir wussten nur ganz grob, was sich darin befand. Wenn Klaus sich nicht sicher war, nahm er sein Buch über Erstausgaben zur Hand und blätterte darin, um seinen Verdacht über das ein oder andere Buch zu überprüfen. So kam es vor, dass wir mal einen besonderen Kunstband zu Joseph Beuys oder eine Erstausgabe von Heinrich Mann hervorholten. Es war aufregender als Geburtstag oder Weihnachten – für uns beide. Und egal, wie schlecht es ihm gesundheitlich ging, für diese Bücherkisten kam er jedes Mal fluchend aus seinem Stuhl hoch und bückte sich allen Rückenschmerzen zum Trotz.

Seit wir gemeinsam Social Media machten, hatte sich einiges verändert. Es verlieh ihm nicht nur neuen Lebensmut, sondern öffnete auch seinen Blick für Neues. Eine Generation, die er im Hinblick auf die Literatur verloren geglaubt hatte, kam regelmäßig in seinen Laden und stellte ihm unzählige Fragen. Wie zum Beispiel die über Fitzgerald. Und auch wenn er manchmal etwas mürrisch darauf antwortete, freute er sich umso mehr über diesen Austausch. »Sie schauen doch alle nur in ihr Handy und nehmen gar nichts mehr wahr«, hatte er vor einigen Jahren genervt nach einer Fahrt mit der Straßenbahn gesagt. Letztes Jahr erwischte ich ihn dabei, wie er durch TikTok scrollte oder sich täglich die Followerzahlen auf allen Plattformen handschriftlich notierte. »Seit gestern sind 1140 Abonnenten dazugekommen, das sind 30 Prozent mehr als am vorherigen Tag.« Gut, dass wenigstens einer mitzählte.

Sein gesundheitlicher Zustand verschlechterte sich ab Oktober 2024 rasant. Das hatte sich schon vorher abgezeichnet, aber wie der Zufall es wollte, fanden die meisten Krankenhausaufenthalte auf dem Höhepunkt unserer Arbeit statt. Das lag keineswegs daran, dass er mehr Energie in seine Arbeit stecken musste – ganz im Gegenteil hatte unsere Arbeit ihn für einige Zeit sichtbar belebt. Es lag vielmehr daran, dass ich immer da war, um den Notruf zu wählen, ansonsten wäre er sicher eines Tages einfach nicht mehr heruntergekommen, und die Hilfe wäre möglicherweise zu spät gekommen. Nach den ersten sechs Wochen Krankenhaus erholte er sich nicht mehr so richtig und kam nur schwer auf die Beine. Als wir am 11. Januar 2025 erneut den Notruf riefen, musste er von mehreren Ärzten stundenlang überredet werden mitzukommen. Sturheit gehörte definitiv zu seinen am stärksten ausgeprägten Charaktereigenschaften. Als die Notärzte zum Besprechen vor die Tür gingen, nutzte ich den Moment und sagte: »Klaus, mach's für mich. Ich kann und möchte dieses Buch nicht ohne dich abschließen. Du bist noch nicht fertig mit deiner Arbeit, wir haben noch so viel vor.« »Ich weiß«, murmelte er leise vor sich hin.

Als die Ärzte wieder hereinkamen und sich darauf gefasst machten, ihm erneut die Leviten wegen seines Gesundheitszustands zu lesen, sagte er mit wiedergewonnenem scharfem Verstand: »Ich komme ja schon mit.« Dass er das Buch dennoch nicht fertigstellen würde, wollten wir beide zu diesem Zeitpunkt nicht wahrhaben. Am 29. Januar 2025 schlief er morgens friedlich im Krankenhaus ein und wachte nicht mehr auf.

Umso wichtiger ist es nun, dass dieses Buch dennoch erscheint.

*

Es ist ein Buch, das sich nicht aufdrängen will. Das keine Vorgaben macht, was man zu lesen oder zu ignorieren hat. Es konserviert einfach das Wissen eines Buchmenschen, der sich mit fünf Jahren das Lesen selbst beigebracht und seitdem ungefähr 6000 Bücher gelesen hat. Eines Menschen, für den Bücher Kunstwerke sind, die eine eigene Aura haben, egal wie oft man sie nachdruckt.

Dieses Buch führt die Lesenden durch die wichtigsten Stationen in Klaus Willbrands Leben und reichert sie mit seinen Buchempfehlungen an. Als Grundlage dienen unzählige Gespräche und Videos, über 30 Interviews und zahlreiche Diktieraufnahmen.

Am Anfang stehen seine grundlegenden Gedanken zum Thema Literatur. Was unterscheidet sie in seinen Augen von Unterhaltungslektüre, was sind immer wiederkehrende Themen großer Literatur und am allerwichtigsten: Was bedeutet Literatur für Klaus Willbrand?

In den folgenden Kapiteln erhalten wir Hintergrundwissen zum Leben und Werk wichtiger deutscher, angloamerikanischer und französischer Schriftsteller:innen und erfahren viele persönliche Geschichten von Klaus Willbrand, die sich dahinter verbergen. Wer hat ihn in seinen jungen Jahren besonders geprägt? Welcher Schriftsteller oder welche Schriftstellerin hat seine Begeisterung für Literatur schlussendlich entfacht? Wen hat er persönlich gekannt, und mit welchem Underground-Lyriker und Schreibrebell hat ihn sogar eine enge Freundschaft verbunden?

Die eigens von ihm zusammengestellten Listen sollen nicht als Kanon, sondern vielmehr als Einladung betrachtet werden und Mut machen. Klaus sprach sich stets dagegen aus, solche Listen strikt zu befolgen. Jede und jeder kann daraus vielmehr seine eigenen erschaffen.

Die im Folgenden bereitgestellten Informationen erheben überhaupt keinen Anspruch auf Vollständigkeit, sondern spiegeln vielmehr ein Leben mit Literatur wider, das dazu anregen soll, selbst tiefer einzutauchen. Es wäre schön gewesen, viele weitere Literaten und Literatinnen sowie verschiedene Literaturkreise vorzustellen, doch leider fehlte uns am Ende die Zeit, all das umzusetzen. Das Buch bleibt somit ein Fragment – für uns jedoch ein durchaus akzeptabler Zustand.

Das vorliegende Buch spiegelt die Sicht eines Dreiundachtzigjährigen auf das vergangene Literaturjahrhundert wider sowie auf seine zentralsten Akteure und Akteurinnen. Eine Stimme, die in unserer modernen Gesellschaft oft als antiquiert abgetan wird, meiner Meinung nach aber gerade deswegen ihre Berechtigung hat. Man könnte meinen, dass Klaus' Leben mit Literatur ein elitäres war. Aber zu meiner großen Verwunderung ist es ein Leben, das liberale und weltoffene Menschen hervorbringt. Das liegt nicht nur daran, mit wem Klaus es verbracht hat, sondern an den unzähligen Geschichten, die seine Bücher ihm im Laufe der letzten 70 Jahre erzählt haben. In ihnen kam alles vor. Durch sie hat er alle Perspektiven eingenommen. Er war Pragmatiker, Pazifist, Liebhaber von Obst und Salat, Einzelgänger und großer Menschenfreund. All das, was man eben nicht dachte, wenn er seinen strengen Blick vom Buch hob und mit ruppiger Stimme fragte: »Kann ich Ihnen helfen?«

*

In diesem Buch geht es einfach um Literatur, und wir laden euch herzlich dazu ein.

Ein bitterer Anfang

Ein warmer Tag im August 1945. Vor zwei Wochen war ich fünf Jahre alt geworden. An diesem Morgen hatte ich leichte Atembeschwerden. Dies war in den letzten Wochen schon häufiger am Morgen vorgekommen, aber ich hatte es nicht weiter beachtet. Inzwischen war es früher Nachmittag. Ich war mit meinem Freund Jürgen auf einer unserer weitläufigen Obstwiesen in Westfalen, in einem kleinen Ort in der Nähe von Bönen, unterwegs. Ein Hof mit 4000 Obstbäumen, der dem Onkel meines Vaters gehörte. Dort haben wir die Nachkriegszeit verbracht, nachdem wir in Essen ausgebombt wurden. Jürgen und ich hatten uns einen Baum ausgesucht, um an seinem Stamm hochzuklettern. Dann fiel Jürgen aber ein, dass er noch Besorgungen für seine Mutter im Dorf machen sollte, und er trottete davon. Ich wollte den Baum allein erklimmen, doch plötzlich spürte ich einen starken Druck in der Brust und bekam keine Luft mehr. Ich erinnere mich noch, dass ich kraftlos am Baumstamm hinunterglitt und halb liegend, halb sitzend im Gras landete. Ich wurde ohnmächtig und kam erst wieder zu Bewusstsein, als ich spürte, wie mein Vater mir Luft in die Lungen presste und gleichzeitig meine Brust leicht massierte. Er hatte mich zum Glück nach längerem Suchen auf dem riesigen Grundstück unter einem der Bäume gefunden und trug mich nach Hause. Da er eigentlich Pharmazeut war und außerdem die Drogistenakademie besucht hatte, war ihm sofort klar, dass ich Asthma hatte, und zwar in einem starken Ausmaß. Ein Allgemeinmediziner aus dem nahe gelegenen Bönen bestätigte die Vermutung, konnte mir aber nicht weiterhelfen.

Die nächsten Wochen stand ich unter ständiger Beobachtung. Ich durfte zwar nach draußen gehen, musste mich aber immer in der Nähe des Hauses aufhalten – und trotzdem geschah es wieder. Ich konnte wieder nicht atmen, und mir wurde schwindelig, dann fiel ich auf den Boden und wurde ohnmächtig. Diesmal fand mich meine Mutter, mein Vater kam hinzu, beatmete mich wieder, und ich kam wieder zu mir. Die Lage wurde zu gefährlich, es musste etwas geschehen. Meine Eltern beschlossen, mich in das noch halb zerstörte Marienhospital nach Hamm zu bringen. Dort gab es so etwas wie eine Intensivstation, einen kahlen Raum mit einem uralten Stahlrohrbett, einem Tisch mit einer Sauerstoffflasche und einer Atemmaske, die eigentlich viel zu groß war, aber trotzdem taugte, wenn man sie fest auf den Mund presste. Das war alles. Drei Monate nach Kriegsende gab es kaum Arzneimittel, nur Geld, das nichts wert war. Es blühte der Schwarzmarkt.

Das alles wusste ich natürlich nicht. Ich war schließlich erst fünf Jahre alt, und ich langweilte mich. Mein Vater hatte mich im Wagen eines befreundeten Obstgroßhändlers ins Krankenhaus gebracht. Er konnte nur zwei Stunden bleiben, dann musste er zurück. Jetzt lag ich da, und man kümmerte sich kaum um mich. In einem nicht zerstörten Trakt lag ein Dutzend schwerverwundete Soldaten, die wohl eher versorgt werden mussten, aber das erfuhr ich erst später.

Das Essen im Krankenhaus blieb mir lebhaft im Gedächtnis. Auf dem Bauernhof gab es frisches Gemüse und Obst, Eier, sogar manchmal Fleisch, selbstgebackenes Roggenbrot und frische Milch. Hier bekam ich eine Grütze und arg verwässerte Milch oder manchmal Tee, der nur nach Wasser schmeckte. Es gab halt nichts anderes. Die Nahrungsmittelversorgung war katastrophal.

Noch schlimmer war das ständige Alleinsein. Es gab nichts, aber auch gar nichts, womit ich mich ablenken konnte. Das Zimmer durfte ich nicht verlassen, da ich plötzlich einen Asthmaanfall bekommen konnte und dann vielleicht keine Hilfe zur Stelle gewesen wäre.

Dann kam mir ein Gedanke – Bücher! Aber ich konnte ja noch nicht lesen … Bei meinem Freund Jürgen, der zwei Jahre älter war, hatte ich ein Buch gesehen, das man Fibel nannte. Mit diesem Buch lernten die Erstklässler:innen lesen und schreiben. Könnte ich mir mit einer Fibel selbst das Lesen beibringen? Der Gedanke rumorte in meinem Kopf. Als mein Vater am nächsten Wochenende mit dem Fahrrad zu Besuch kam, platzte ich sofort mit der Idee heraus. Mein Vater fand sie gar nicht dumm und versprach mir, eine Fibel zu besorgen. Und wirklich, bei seinem nächsten Besuch brachte er eine Fibel mit, die er sich bei der Volksschule in Bönen ausgeliehen hatte, denn kaufen konnte man so ein Buch damals nirgendwo.

Endlich eine Beschäftigung! Da ich keine Ablenkung hatte, lernte ich schnell. Es vergingen kaum 14 Tage, da konnte ich die Übungssätze am Ende der Fibel bereits stockend lesen. Jetzt brauchte ich nur noch ein richtiges Buch. Aber woher? Als ich eine der Schwestern fragte, antwortete sie unfreundlich: »Hier gibt es keine Bücher, es ist doch alles zerstört.« Doch am nächsten Tag brachte mir eine andere Schwester ein ziemlich zerfleddertes Karl-May-Buch. Es gab vieles, was ich nicht verstand. Eine Reihe von Wörtern gehörte nicht zum Sprachschatz eines Fünfjährigen. Ich fragte jeden, der das Zimmer betrat, doch das waren leider nicht viele. Einige gingen auf meine vielen Fragen ein, andere schüttelten nur den Kopf. Doch eines Tages kam ein junger Mann ins Zimmer gehumpelt. Er hatte Medizin studiert, war aber kurz vor Kriegsende noch eingezogen worden und hatte durch eine Luftmine ein Bein verloren. Er war sehr freundlich zu mir und beantwortete geduldig all meine Fragen. Bald kam er häufiger vorbei, beinahe jeden Tag, und ich hatte den ersten Karl May schnell ausgelesen. Was jetzt? Der junge Soldat und die einzige freundliche Schwester machten sich auf die Suche, und sie hatten Erfolg: In einigen Kartons in einem halb zerstörten Raum fanden sie beinahe 70 Karl-May-Bände. Damit war mein Problem vorerst gelöst. Ich las Tag und Nacht, verstand natürlich nur die Hälfte, wenn überhaupt. Doch ich lernte hinzu. Das Lesen wurde flüssiger, mein Verständnis war zwar immer noch begrenzt, aber ich sprach sowohl mit meinem Vater als auch mit dem verletzten Soldaten über das Gelesene und kam so Schritt für Schritt voran. In der Zwischenzeit hatte mein Vater auch einige Quellen aufgetan. Natürlich habe ich kein Tagebuch geführt, und das Ganze liegt über 75 Jahre zurück. Ich kann mich deshalb nur an wenige Bücher erinnern. Doch ich erinnere mich daran, dass der Bruder meiner Großmutter zu meiner Bücherquelle wurde. Er lebte in Unna, kam mit der Kutsche und brachte eine ganze Kiste mit Büchern. Darunter war Hermann Löns' *Mein grünes Buch*, auch Peter Rosegger, Ludwig Ganghofer und Ähnliches. Eines Tages kam mein Vater mit *Max und Moritz* von Wilhelm Busch an. Auch habe ich die gesamte Kinderbuchreihe *Nesthäkchen* von Else Ury gelesen und Emmy von Rhodens *Trotzkopf*. Ich erinnere mich außerdem mit Vergnügen an Hoffmanns *Struwwelpeter*, wovon es wahnsinnig viele Fassungen gibt. Die ursprüngliche ist von Heinrich Hoffmann, der übrigens Arzt war und merkwürdige Erziehungsmethoden hatte. Den Suppen-Kaspar lässt er einfach verhungern, dem Daumenlutscher die Finger abschneiden. Ein Mitte des 19. Jahrhunderts geschriebenes Buch, das längst überholt ist. Dann las ich Daniel Defoes *Robinson Crusoe*. Ich erinnere mich auch an *Onkel Toms Hütte* und *Sigismund Rüstig*, eine weitere Robinsonade.

Leseliste Jugendliteratur

Daniel Defoe, *Robinson Crusoe* (1719)
James Fenimore Cooper, *Lederstrumpf* (ab 1823)
Charles Dickens, *Oliver Twist* (1838)
Wilhelm Busch, *Max und Moritz* (1865)
Lewis Carroll, *Alice im Wunderland* (1865)
Jules Verne, *Die geheimnisvolle Insel* (1875)
Mark Twain, *Die Abenteuer des Tom Sawyer* (1876)
Robert Louis Stevenson, *Die Schatzinsel* (1883)
Rudyard Kipling, *Das Dschungelbuch* (1894)
Jack London, *Ruf der Wildnis* (1903)
Erich Kästner, *Emil und die Detektive* (1929)
Astrid Lindgren, *Pippi Langstrumpf* (1945)
Anne Frank, *Tagebuch der Anne Frank* (1947)
Erich Kästner, *Als ich ein kleiner Junge war* (1957)
Judith Kerr, *Als Hitler das rosa Kaninchen stahl* (1971)
Otfried Preußler, *Krabat* (1971)
Michael Ende, *Momo* (1973)
Michael Ende, *Die unendliche Geschichte* (1979)
Astrid Lindgren, *Ronja Räubertochter* (1981)

Nach 14 Monaten, die mir endlos erschienen, wurde ich schließlich entlassen, musste aber noch mehrere Monate im Haus verbringen, um mich langsam zu erholen und wieder zu Kräften zu kommen. Das muss im Juli gewesen sein, das Wetter war sonnig, und ich habe viele Stunden im Liegestuhl auf der großen Wiese hinter dem Fachwerkhaus gelesen.

Eines Tages entdeckte ich zu Hause in einem Regal Schriften der amerikanischen Militärregierung, die sich mit dem Holocaust befassten. Das waren Broschüren über die einzelnen Konzentrationslager. In sehr realistischer und krasser Form wurde dort darüber berichtet, besonders von Treblinka, einem der größten Vernichtungslager. Ich habe das alles gelesen. Mein Vater hat es mir nicht verboten, und meine Eltern haben mir generell sehr viel Freiraum gelassen und versuchten auch, mir vieles zu erklären. Aber wie sollten sie einem jetzt Siebenjährigen diese ungeheuren Vorgänge verständlich machen? Diese Lektüre war so ein einschneidendes Erlebnis, dass ich danach keine Jugendliteratur mehr lesen konnte. Erst viel später, als ich die Standardwerke über die Weimarer Republik und das nationalsozialistische Regime las, wurden mir die Dimensionen klar, und ich konnte dieses frühe Leseerlebnis in seinen historischen Zusammenhang einordnen.

Zur Einschulung kam ich dann sofort in die zweite Klasse, schließlich war ich im Lesen besser als Viertklässler. Rechnen und andere Fächer waren auch kein Hindernis, ich übersprang dann noch die dritte Klasse und bestand auch später die Aufnahmeprüfung, so dass ich trotz anfänglicher Verspätung regulär mit zehn Jahren aufs Gymnasium kam.

Von diesem Zeitpunkt an habe ich keine Jugendliteratur mehr gelesen. Mein Bruder, der über 13 Jahre älter war, brachte bei seinen seltenen Besuchen viele Anregungen mit. Er hat mir zum Beispiel zum elften Geburtstag meinen ersten Celan geschenkt. Er studierte in dieser Zeit in München und hatte dort einige Freunde, die ihm philosophische und literarische Anreize gaben, die er dann teilweise an mich weitergab. Natürlich war auch hier wieder das Problem, dass ich im Grunde völlig überfordert war. Ich machte einen Ausflug in die Philosophie und las das Höhlengleichnis aus der *Politeia* des Platon, ich las Nietzsches *Zarathustra*, die Verteidigungsrede Sokrates'. Wie hatte Celan es einmal formuliert: »Lesen Sie! Immerzu lesen, das Verständnis kommt von selbst.« Aber wie sollte es bei mir kommen, es fehlte doch jede Basis, ich war schließlich erst zehn Jahre alt. Aber ich las auch anderes. Irgendwann wurde *Der Schimmelreiter* von Storm im Unterricht gelesen. Ich besaß einen Sammelband mit sämtlichen Novellen von Theodor Storm und las sie alle. Dann stieß ich eines Tages auf Conrad Ferdinand Meyer, den ich von A bis Z verschlang. Beides wichtige Autoren des 19. Jahrhunderts, aber eben nicht die ganz große Literatur, was mir damals natürlich noch nicht klar war. Der Zugang zu Büchern war durch die wirtschaftliche Lage nach wie vor begrenzt.

Als ich endgültig mit der Jugendliteratur abgeschlossen hatte, packten mein Bruder und ich alle angesammelten Bücher zusammen, es waren circa 600 an der Zahl, um sie zu einem Antiquar zu bringen. Wir handelten eine Gutschrift aus, eine stolze Summe von 2000 Mark. Damit hatte ich einen Puffer, um mich mit Literatur, die mich jetzt interessierte, einzudecken. Seitdem war ich ein eifriger Antiquariatsbesucher. Bei einem meiner Streifzüge, ich muss wohl etwa zwölf Jahre alt gewesen sein, entdeckte ich Heinrich Heines *Buch der Lieder*. Er nahm mich mit seinem leicht ironischen Unterton gefangen und wurde zu einer der wichtigsten Anregungen in meinem literarischen Leben. Von Heine habe ich im Laufe der Jahre so gut wie alles gelesen.

Auf eine ganz andere Art lernte ich dagegen Rainer Maria Rilke kennen. Wir besaßen eine Langspielplatte, auf der Will Quadflieg, ein damals sehr renommierter Schauspieler, Teile der *Duineser Elegien* eingesprochen hatte. Ich las Hemingways *Der alte Mann und das Meer* und andere Erzählungen von ihm, wurde auf William Faulkner aufmerksam, weitere amerikanische Autoren folgten. Meine Vorstellungen von Literatur rundeten sich ab.

Damit begann für mich ein neues Kapitel.

Vom Buchhandelslehrling zum Ersten Sortimenter

Nach dem Abitur hatte ich klare Vorstellungen: Ich wollte nicht studieren, sondern in den Buchhandel. Ich war damals so arrogant zu glauben, dass mir ein Studium nicht viel beibringen könnte. Das war stur und natürlich eine Hybris, aber ich war nun mal so. Am Ende denke ich, dass die Entscheidung, Buchhändler zu werden, zur damaligen Zeit keine schlechte war. Damals gab es viele gute Buchhandlungen, und ich hatte das Glück, in der wohl besten eine Lehrstelle zu finden – in der Universitätsbuchhandlung Witsch in Köln. Der Verleger Joseph Caspar Witsch gründete die Fachbuchhandlung für Studierende und Wissenschaftler und nutzte sie in den Anfangsjahren auch als Vertriebsort für Publikationen des Kiepenheuer & Witsch Verlages, dessen Mitbegründer er war.

Zunächst wollte man mich dort gar nicht haben – die Buchhandlung war damals klein und hatte bereits zwei Lehrlinge. Doch schließlich ließen sie mich einen Eignungstest machen, den ich glanzvoll bestand, und nahmen mich doch. Allerdings schloss ich meine Lehre bei

Witsch gar nicht ab, sondern machte eine Sonderprüfung und stieg direkt zum Ersten Sortimenter auf. So gesehen bin ich eigentlich nie Buchhändler gewesen.

Ein Mann namens Rebmann wurde neuer Geschäftsführer, nachdem ich bereits eineinhalb Jahre in der Lehre war, und brachte richtig Schwung in die Buchhandlung. Er kam aus der Herstellungsabteilung von Suhrkamp – ein zwei Meter großer Schwabe – und sah immer etwas griesgrämig aus. Keinem war er richtig geheuer. Obwohl er keine Ahnung vom Buchhandel hatte, waren wir ein gutes Team, auch wenn es viel Konfliktpotenzial gab. Nach wenigen Tagen in seiner neuen Position ließ er mich zu sich ins Büro kommen. Ich wusste gar nicht, was ich da sollte, ich war schließlich noch Lehrling. Er sagte: »Erst möchte ich Ihnen Folgendes erklären: Wenn Sie in ein Chefbüro kommen und der Tisch steht mit allem möglichen Kram voll, dann taugt der Chef nichts. Denn ein Chef ist nicht dafür da, den Kleinkram zu machen, sondern muss die großen Linien vorgeben. Und jetzt nehmen Sie einmal Platz. Ich möchte Sie zum Ersten Sortimenter machen.« Das war so was von verrückt, ich war gerade mal wenige Jahre im Buchhandel. Aber ich wusste auch, dass man als kleiner Buchhändler es zu nichts bringen kann. Also entweder Karriere oder gar nicht. Ich musste erst mal schlucken, denn diese Form von Karriere hatte ich mir nicht vorgestellt. Der Erste Sortimenter – so etwas gibt es heutzutage gar nicht mehr. Als Ersten Sortimenter bezeichnete man früher im Buchhandel einen Fachmann, der für die strategische Auswahl und Verwaltung des Sortiments im Ladengeschäft zuständig war. »Aber ich habe meine Lehre doch noch gar nicht abgeschlossen«, erwiderte ich. »Ich habe alles bereits mit der IHK geklärt, da treten Sie nächste Woche zu einer Sonderprüfung an«, sagte Rebmann weiter. Und das tat ich. Der Vorsitzende der Prüfungskommission sagte zu mir: »Herr Willbrand, dann erzählen Sie uns doch mal etwas über die zeitgenössische Lyrik.« Glückstreffer, das war nämlich mein Spezialgebiet. Dann fing ich an, aber nach dem ersten Satz unterbrach er mich wieder und sagte: »Herzlichen Dank, Sie können gehen.« Der Brief kam eine Woche später, Abschluss mit Auszeichnung. Das war so was von bekloppt, so wurde ich dann Erster Sortimenter. Mein Gehalt stieg von 70 Mark auf 1500 im ersten Jahr an, mit der Absprache, dass es nach einem halben Jahr auf 2000 DM erhöht würde. Davon bin ich erst mal mit meiner Mutter nach Tessin in den Urlaub gefahren, mit dem Trans-Europ-Express erster Klasse.

In meiner neuen Position spielte ich eine immer größere Rolle, und sie wuchs und wuchs, während unser Umsatz enorm anstieg. Die Buchhandlung war vorher winzig klein gewesen, nach dem ersten Umbau haben wir uns dann vergrößert. Es war eigentlich kein Geld da, aber Rebmann war sehr erfinderisch. Wir hatten ein Zahlungsziel von sechs Monaten (das bedeutet, dass alle Bücher, die wir bestellten, erst nach sechs Monaten bezahlt werden mussten). Er erhöhte es auf acht Monate bei den Verlagen und verschaffte uns dadurch einen finanziellen Puffer von einer Million D-Mark. Damit konnte der Umbau finanziert werden. Vom Verlag Kiepenheuer & Witsch kam nichts, die waren immer verschuldet. Das

Geld, das wir für den Umbau ausgegeben haben, war schnell wieder drin, weil die Umsätze stiegen. Wir haben dann Ende der sechziger Jahre fünf Millionen D-Mark umgesetzt und sind damit zu einer der größten Buchhandlungen Deutschlands aufgestiegen.

Der väterliche Freund Joseph Caspar Witsch

Mein beruflicher Aufstieg bei Witsch wäre aber ohne eine bestimmte Person nicht möglich gewesen, die mich stets unterstützte und förderte: Joseph Caspar Witsch (1906–1967). Er gründete 1948 zusammen mit Gustav Kiepenheuer den Verlag Kiepenheuer & Witsch in Köln, zu dem auch die Universitätsbuchhandlung gehörte. Witsch wollte nicht nur erfolgreich wirtschaften, sondern auch dazu beitragen, das kulturelle Leben in Deutschland zu bereichern. Bereits in den Anfängen des Verlages wurde Heinrich Böll dessen Starautor.

Witsch kam während meiner Ausbildung oft zu Besuch in die Buchhandlung und hatte einen Narren an mir gefressen. Er wollte unbedingt, dass ich in den Verlag komme, aber ich weigerte mich. Doch er kam alle 14 Tage vorbei und hat mit mir alle möglichen Fragen erörtert und mich überall mit hingenommen. In Galerien, zum WDR. Das war wichtig für meine Entwicklung und meinen Gesamtüberblick. Es ging sogar so weit, dass er zu seinem sechzigsten Geburtstag einen Chauffeur nach mir schickte, und als ich nachmittags auf der Feier eintraf – alle geladenen Gäste wie Rowohlt, Krüger und der

Oberbürgermeister standen auf der Terrasse –, kam er auf mich zu, nahm meinen Arm und ging mit mir die Freitreppe herunter. Alles, was Rang und Namen hatte, schaute verdutzt, denn keiner wusste, wer dieser Junge war. Das war schon urkomisch. Er hat mich immer nach meiner Meinung gefragt, wollte viel über die Struktur der Buchhandlung wissen und hat natürlich mitbeeinflusst, dass ich noch während meiner Lehrzeit Erster Sortimenter wurde. Das war ihm wichtig. Für mich war er stets ein väterlicher Freund, der leider viel zu früh starb.

Literatur als Kunst

Als ich zum ersten Mal begriff, dass man aus Buchstaben jedes gewünschte Wort bilden konnte, wurde mir eine Welt erschlossen, die ein sehr wichtiger Teil meines Lebens werden sollte. Von da an war Lesen für mich weit mehr als ein Zeitvertreib. Es war eine unerschöpfliche Quelle der Neugier, ein fortwährender Genuss an Sprache. Der unauslöschliche Kontakt zu Büchern ist hier entstanden, und es gab da so eine gewisse Kontinuität; es hat sich ab diesem Zeitpunkt immer mehr verfestigt, und das Lesen war aus meinem Leben einfach nicht mehr wegzudenken.

Was bedeuten Bücher für mich?

So allgemein formuliert ist das sehr schwierig. Ich schätze ja nicht das Buch an sich oder dass da einfach in einem flexiblen oder gebundenen Einband ein paar Blätter sind, auf denen Buchstaben stehen. Wir wissen alle, dass da durchaus auch unbedeutende Dinge stehen können.

Es hat schon früh begonnen, dass ich Bücher anders

las. Die Erzählung spielte nur eine sekundäre Rolle – das hat sich bis heute durchgezogen. Zunächst einmal habe ich nie gelesen, um die Inhalte und Informationen an andere weiterzugeben. Die Sprache und die Art und Weise, wie etwas geschrieben ist, war für mich das Allerwichtigste. Aber ich hoffe, nicht nur für mich. Und damit ist eben ein Teil der gedruckten Erzeugnisse für mich interessant und der andere überhaupt nicht interessant.

Ich lese in erster Linie einen Text, und ob ich diesen Text in einem Taschenbuch oder in einer gebundenen Ausgabe lese, bleibt letztendlich gleich. Die äußere Form ist zwar nicht unwesentlich, aber für mich nicht entscheidend. Das ist, als ob man in einem Raum stünde, in dem man sich wohlfühlt, weil da angenehme Dinge rumstehen, oder in einem Raum, der völlig geschmacklos eingerichtet ist. So ist das bei einem Buch doch in gewisser Weise auch. Wenn auf das Äußere des Buches auch Wert gelegt wird, es sehr schön gestaltet ist und auch die Typografie sehr sorgfältig ist, verspürt man ein noch größeres Wohlbehagen beim Lesen, aber für den Text an sich ist es nicht von Bedeutung. Es ist bloße Zugabe, Delikatesse.

Ich bin auch kein Buchsammler im herkömmlichen Sinne: Außer meinen Heine-Ausgaben besitze ich privat keine Erstausgaben, mir genügen die Texte. Ich muss allerdings zugeben, wenn ich eine sehr schöne Erstausgabe bekomme, dann hat es so einen bestimmten Reiz, ausgerechnet die Erstausgabe noch einmal zur Hand zu nehmen und die Texte darin zu lesen, obwohl ich sie genauso gut in einem Taschenbuch nachlesen könnte. Es kommt immer auf den Inhalt an, der Text ist entscheidend.

Ein seltenes Buch kann durchaus eine kleine Broschüre sein. Ein amüsantes Beispiel dafür ist mir vor einigen Jahren passiert. Ich war auf einem Flohmarkt unterwegs und blieb an einem Stand stehen. Ein anderer vor mir hatte eine kleine Broschüre in der Hand, *Draußen vor der Tür* von Wolfgang Borchert. Er dachte, das wäre die Ausgabe einer Schullektüre gewesen, und legte sie wieder weg. Ich dachte nur: »Oh Gott, hoffentlich kauft er sie nicht.« In dem Moment, als er sie weglegte, griff ich sofort danach. Er sagte: »Habe ich einen Fehler gemacht?« »Das ist die Original-Bühnenfassung von diesem Stück, und die gibt es vielleicht nur zweihundertmal«, erwiderte ich. Dazu kam, dass eine damals bekannte Schauspielerin die gesamte Besetzung in Bleistift vorne reingeschrieben hatte. Das Buch kostete mich auf dem Flohmarkt 50 Cent, im Antiquariat habe ich es für 180 Euro verkauft.

Die Frage muss also vielmehr lauten:
Was bedeutet Literatur für mich?

Der Literatur haftet immer etwas Pionierhaftes an. Sie wagt sich auf unbekanntes Terrain und öffnet Türen, wo andere nicht einmal welche vermuten. Das kann die Thematisierung eines Gegenstands sein, an den sich zuvor niemand herangewagt hat. Es kann die Geburt eines neuen Genres sein oder die Neuerfindung eines bestehenden. Manchmal ist es die Sprache selbst, die forschend und rebellisch voranschreitet. In solchen Momenten kann die Handlung gänzlich in den Hintergrund treten, wie etwa in Marcel Prousts *Auf der Suche nach der verlorenen Zeit.*

Was jedoch alle großen literarischen Werke vereint, ist ihre Fähigkeit, die Zeit zu überdauern. Sie schafft es, ein Momentum einzufangen, das in ihrer Epoche tief verwurzelt ist, und doch ruft dieses Momentum auch bei der nächsten und übernächsten Generation ähnliche Assoziationen und Empfindungen hervor. So entstehen Klassiker – Werke, die motivisch zeitlos, aber zugleich so unverwechselbar mit der Ära verbunden sind, in der sie entstanden. Große Literatur bewahrt etwas von ihrer Zeit, bleibt dabei aber unvergänglich.

Was Literatur zum Entstehen braucht

Warum Literatur geschrieben wird, darüber sind schon viele Bücher verfasst worden, und es gibt die unterschiedlichsten Ansätze. Einer davon ist, dass große Literatur aus dem Leid heraus entsteht.

Das mag auf viele literarische Werke zutreffen, man braucht sich aber nur unsere Großschriftsteller anzusehen, um das Gegenteil festzustellen: Thomas Mann hat sicher kein Leid dabei verspürt, wenn er sich morgens um 9:00 Uhr an den Schreibtisch setzte und bis 12:00 Uhr geschrieben hat. Und selbst Kafka hat seine Bücher nicht aus einer Seelenqual heraus, sondern aus Zivilisationsangst geschrieben. Das sind für mich völlig unterschiedliche Dinge.

Wenn wir einen Schritt weiter gehen und uns die

Handlung bestimmter Werke ansehen, dann gibt es durchaus viele Beispiele für Leid. In *Die Leiden des jungen Werther* leidet aber eben Werther, nicht Goethe. Goethe selbst hatte Kontakt zu vielen jungen Damen, die meist darunter litten, dass er irgendwann weiterzog, und nicht umgekehrt. Aber man muss sich auch vor Augen führen, dass die Beziehungen zwischen Männern und Frauen zur Zeit Goethes weit komplizierter waren – geprägt von Etikette, Stand und Standesdünkel. Dadurch ergaben sich viele Schwierigkeiten, in die wir uns heute kaum noch hineindenken können, die aber damals viel Leid auslösten. Die Menschen damals waren sicher nicht unglücklicher als heute, nur waren sie auf eine andere Art und Weise unglücklich.

Leid ist für mich keine entscheidende Voraussetzung, um gute Literatur zu schreiben. Doch auch Talent allein genügt nicht. Vielmehr erfordert es jahrelange Sprachübung. Bei einigen Autorinnen und Autoren kann man an ihren Büchern ablesen, wie jemand literarisch reift. Und das macht die wirklich wichtigen Autoren aus. Andere schreiben vielleicht ein halbwegs gelungenes Buch, aber das war's dann auch. Talent ist also eine notwendige Grundlage, aber mit Talent alleine wird kein gutes Buch geschrieben. Das genaue Hinschauen und die Einsicht, dass man etwas wirklich erfasst hat, dass man in der Lage ist, es genauso zu beschreiben, wie es ist – das ist in meinen Augen entscheidend. Wer dieses Gefühl nie erreicht, wird letztlich kein Schriftsteller.

Ich habe das Gefühl, dass das Erzählen eindimensional geworden ist. Es gibt heute kaum noch Spannungsbögen, die eigentlich in der Literatur vorhanden sein sollten. Man hat das Gefühl, dass alles sehr ichbezogen ist, aber der autobiographische Hintergrund sich rasch erschöpft, und zwar in sehr banalen Dingen. Und wenn das nicht der Fall ist, dann spielt oft eine überbordende Phantasie eine Rolle – ein Beispiel dafür ist für mich *Harry Potter*.

Dann gibt es natürlich noch die experimentelle Literatur, die heute fast verschwunden ist – sei es, weil viele Autoren damit in eine Sackgasse gerieten oder weil es kaum noch Schriftsteller:innen dieser Art gibt. Ernst Jandl, Helmut Heißenbüttel, Rolf Dieter Brinkmann zählen dazu, ebenso frühere Autoren wie Marcel Proust, der eine neue Form des Romans eingeführt und damit einen großen literarischen Schritt gewagt hat. Es sind Schriftsteller:innen, die sich mit echter Hingabe und Ernsthaftigkeit der Literatur widmen. Denn ich möchte betonen: Literatur ist nicht zur Unterhaltung da, sondern Literatur ist Kunst. Und Kunst braucht eben kreative Wurzeln. Dass Literatur auch unterhaltend sein sollte, streite ich nicht ab, auch ich lasse mich nicht gerne langweilen. Lesen will allerdings gelernt sein. Alle Nationen, die kulturellem Schaffen Priorität einräumen, haben eine aussagestarke, differenzierte Sprache entwickelt. Diese wurde über Jahrhunderte von Dichtern und Philosophen geprägt und ihren Bedürfnissen entsprechend gestaltet und verändert. Kreativität und dieser Gestaltungswille ist Kunst – auch in der Literatur!

> **»Große Literatur ist nie elitär, nicht bildungsbürgerlich oder kulturelitaristisch, sondern schlicht Kunst – wie ein Bild von van Gogh, Picasso oder eine Zeichnung von Beuys.«**

Rat für Buchliebhaber:innen

Zunächst einmal würde ich den Buchliebhabern raten, dass sie sich genau überlegen sollten, was sie interessiert. »Buchliebhaber:in« ist nämlich ein zu allgemeiner Begriff. Es ist sinnvoll, mit dem Lesen zu beginnen und sich durch Ausschlussverfahren langsam klar darüber zu werden, was einen wirklich interessiert. Man kann sich darüber klar werden, ob es einen nach Prosa, Dichtung oder wissenschaftlicher Literatur gelüstet – und auch zu den Bereichen Geschichte oder Philosophie gibt es große literarische Werke. Wenn man sich darüber im Klaren ist, kann man sich gezielt einem bestimmten Bereich zuwenden, der wiederum weiter differenziert werden muss, weil es unmöglich ist, alles zu überblicken. Allein in der Prosa gibt es eine klare Trennung zwischen Klassik und Moderne, aber auch innerhalb der Literaturkreise gibt es große Unterschiede. Wer sich für russische Literatur interessiert, wird nicht unbedingt französische Literatur wählen, weil sie sowohl in ihrer Mentalität als auch in ihrer Ausrichtung völlig unterschiedlich sind. So muss man sich langsam und behutsam annähern. Das erfordert viel Zeit. Natürlich kann man sich auch Anregungen von außen holen. Es gibt unzählige Vorschläge, welche Bücher man lesen könnte.

Oft wird Literatur, gerade wenn man jung ist, von anderen empfohlen. Ich stehe diesen Empfehlungen jedoch skeptisch gegenüber, da ich mein ganzes literarisches Leben mit diesen Vorgaben konfrontiert war. »Das muss man in diesem Alter lesen und jenes in einem anderen«, solche Aussagen haben für mich nie wirklich Sinn ergeben. Natürlich lag das auch an den äußeren Bedingungen, unter denen ich mich der Literatur genähert habe. Heute ist es sehr viel einfacher, weil man ein Riesenangebot zur Verfügung hat. Das war 1946 noch anders.

Wir wollen keine Empfehlungen aussprechen, sondern vielmehr aufzeigen, was es alles gibt. Das Ziel haben wir mit unseren Kanälen verfolgt und setzen es nun mit diesem Buch fort. Denn einfach alles und nichts zu lesen macht keinen Sinn.

Menschen zum Lesen anregen

Mein entscheidendes Ziel war es immer, Menschen zum Lesen anzuregen. Aber das ist ein Ziel, das nicht so ohne weiteres erreicht werden kann. Denn man muss sich auf die Feinheiten der Literatur einlassen, auf den Stil des Autors oder der Autorin, auf die Wortbilder, den speziellen Charakter der Wortwahl. Die Sprache ist ein Produkt der Dichter und Philosophen. Im Laufe der Geschichte haben sie immer wieder neue Formen der Sprache erschaffen und verändert. Und diese Qualitäten, die der einzelne Autor in seine Werke einbringt, herauszufinden, das ist der wahre Genuss. Und das ist eigentlich das, was das Leben vieler Menschen bereichern kann.

Die Literatur wird in den Schulen eher, soweit ich das beurteilen kann, oft sehr formal oder unter bestimmten Aspekten behandelt, meist auch seziert – wie man es nennt, hermeneutisch. Doch das macht den Zugang zu ihr oft schwierig. Man versucht zwar auf die Art, Texte zu erklären, aber das geht häufig an den Autoren und ihrer Intention vorbei – die Qualität der Literatur wird dabei außer Acht gelassen. Es gibt auch sonst kaum Anregungen, die Menschen fesseln könnten. Die Medien sind da auch keine große Hilfe, vielmehr unterfordern sie mit ihren Programmen. Wenn es dann doch interessante Formate gibt, laufen diese meist auf Sendern, die nur von einer kleineren Zielgruppe wahrgenommen werden, wie zum Beispiel Arte oder die dritten Programme, die nicht die breite Masse erreichen.

Nach der Schule geht dann das richtige Leben erst los, aber dann ist ganz Sense, da kommt nichts mehr im kulturellen Bereich. Basiskenntnisse der Literatur können aber sehr wichtig sein – auch für Leute, die technische Berufe ausüben. Das systematische Lesen guter Literatur macht sich in der Weise bemerkbar, dass man einfach beweglicher in seinem sprachlichen Ausdruck wird, und das kann in einer Gesellschaft wie der unseren nicht schaden. Wenn man sich unsere Politikerriege anschaut, dann wird schnell klar, dass wir kulturell auf dem unteren

Level arbeiten. Vor ein paar Jahrzehnten ist das noch anders gewesen, siehe Willy Brandt oder Helmut Schmidt – das waren hochgebildete Menschen. Arno Schmidt hat mal gesagt, er würde die ganzen Politiker auf eine Insel schicken, jedem einen Knüppel in die Hand geben, und dann können sie sich gegenseitig totschlagen. Diese Kulturlosigkeit zieht sich leider durch unsere gesamte Gesellschaft, die Politik ist nur ein Beispiel von vielen.

Es ist ein Defizit: Kultur wird bei uns in Deutschland nicht mehr besonders wichtig genommen. Eigentlich wurde sie das nie. Es hat schon immer nur eine kleine Minderheit gegeben, die Literatur und den literarischen Diskurs aufrechterhalten hat. Schon vor 200 Jahren haben die Menschen Kolportageliteratur gelesen und nicht Kleist, Goethe und Schiller. Das hat sich bis heute leider nicht geändert. In manchen Ländern ist das anders, zum Beispiel in Frankreich. Dort gibt es heute eine stärkere Literaturkultur als in Deutschland, weil die Menschen mehr in Hinsicht auf ihre Sprache und das Sprachbewusstsein geprägt werden, was natürlich auch die Literatur fördert.

Natürlich stellt sich immer die Frage: Ja ist das denn wirklich wichtig? Muss ich denn Einblick in die Klassiker haben? Muss ich denn diese Literatur gelesen haben? Nein, man muss es natürlich nicht. Aber der Horizont, die Perspektive auf das, was heute geschieht und heute geschrieben wird, öffnet sich natürlich ganz anders, wenn man das kennt, was andere vorher gedacht und geschrieben haben.

> »Mein Ideal ist einfach, dass ich sage, diese Literatur ist nach objektiven und subjektiven Maßstäben große Literatur. Ob man sich jetzt damit in irgendeiner Weise konfrontieren will, ob man die lesen will, ist eine andere Geschichte.«

Am Ende des Tages heißt es: lesen, lesen, lesen.

DEUTSCHSPRACHIGE LITERATUR

Thomas Mann

Während des Abiturs entdeckte ich den *Zauberberg* (1924) von Thomas Mann (1875–1955) – ein Buch, das mich bis zum Ende meines Lebens begleiten sollte. Es wurde auch Teil meiner Deutschprüfung. In den Hauptfächern hatten wir sowohl eine schriftliche als auch eine mündliche Prüfung, und ich musste den *Zauberberg* analysieren. Ich wusste, dass Thomas Mann ziemlich präzise Kenntnisse von Davos, dem Lungensanatorium, hatte, weil seine Frau dort monatelang selbst in Kur gewesen war, er konnte die dortige Atmosphäre also entsprechend authentisch schildern. Im Laufe meines Lebens habe ich den *Zauberberg* dreimal gelesen und immer wieder neuen Gefallen daran gefunden.

Der Zauberberg ist ein großer gesellschaftlicher Entwurf und das wichtigste Buch von Thomas Mann. Er arbeitete zehn Jahre an diesem Werk und ließ unterschiedliche psychologische, gesellschaftliche und zeitgeschichtliche Ereignisse mit einfließen. Die Charakterisierung der Figuren ist vergleichsweise ungewöhnlich und hebt sich von anderen Schreibenden ab. Charaktere waren ohnehin Thomas Manns große Stärke, was sich im *Zauberberg* in einem hochgradigen Maße widerspiegelt.

Da ist Hans Castorp, junger Ingenieur und die zentrale Figur. Er kommt, um seinen Vetter im Sanatorium zu besuchen, und bleibt dort schließlich sieben Jahre. Da ist diese mysteriöse schöne Russin, Clawdia Chauchat, die Castorp fasziniert. Der italienische Philosoph Settembrini, mit dem er sehr viele Gespräche führt und der Hans mit seinen aufklärerischen Ideen beeinflussen will. Dann der proletarische Holländer, Mynheer Peeperkorn, der auch hinter der schönen Russin her ist, die aber nur sporadisch auftaucht. Sie verschwindet für Monate, kommt dann wieder, und keiner weiß so recht, wo sie wirklich herkam und wohin sie ging. Diese Präzision, die exakt gezeichneten Charaktere – so unverwechselbar und eindringlich – sind mir nirgendwo sonst begegnet. Das sind Figuren, die man nicht mehr vergisst, weil sie mit einer unglaublichen Meisterschaft dargestellt sind – und das in diesem fast unwirklichen Setting.

Thomas Manns Erstlingsroman war allerdings *Buddenbrooks* (1901) – ein bürgerlicher Familienroman über eine Lübecker Patrizierfamilie, die gewisse Anlehnungen an seine eigene Familie beinhaltet. Auch hier lassen sich bereits die genauen Beobachtungen der Charaktere versetzt mit Thomas Manns typischer Ironie als stilistisches Mittel beobachten. 1929 erhielt er für diesen Roman den Literaturnobelpreis.

Für mich blieb *Der Zauberberg* trotzdem eins der

wichtigsten Werke von Thomas Mann. Mein Abitur war zwar ziemlich schlecht – eine Drei minus –, aber nur, weil ich in den Naturwissenschaften nicht gut war. Das spielte aber damals überhaupt keine Rolle. Zu der Zeit gab es noch keinen Numerus clausus – jeder konnte das studieren, was er wollte, wenn er das nötige Geld dafür hatte. Ich entschied mich dagegen.

Den Roman *Doktor Faustus* (1947) las ich einige Jahre später. Hier geht es um das Leben des deutschen Tonsetzers Adrian Leverkühn, erzählt von einem Freunde. Der besagte Freund ist ein pensionierter Lehrer, Dr. phil. Serenus Zeitblom, der die Lebensgeschichte Leverkühns aufzeichnet und kommentiert. Leverkühn, der Tonsetzer, kommt mit seiner Umwelt nicht zurecht. In seiner Lebenskrise wendet er sich dem Teufel zu. Es handelt sich um eine Adaption des Faustmotivs, verbunden mit einer wichtigen Analyse der Adorno'schen Musiktheorie, die den Inhalt dieses Werkes prägt.

Die Historie von Johann Faustus, dessen erste gedruckte Version 1587 erschien, wird hier ins moderne Zeitalter transportiert. Damit ist eine der literarischen Traditionen des Fauststoffes in besonders zeitgemäße Form gebracht. Es geht in diesem Buch aber auch um die Musikphilosophie von Adorno. Der Roman reflektiert über moderne Musik und deren Beziehung zu Wahnsinn und Genialität. Es gibt dort auch Einlässe, ein Gespräch mit dem Teufel, das dem Roman *Die Brüder Karamasow* von Dostojewski nachgebildet ist. Außerdem finden sich einige Tatsachen aus Nietzsches Leben wieder. Das Ganze ist ein Werk, das die Krise jener Epoche, die von manchen als Endzeit gesehen wurde, vorausnimmt. Ein komplexes Werk, das Philosophie, Musiktheorie und Gesellschaftskritik miteinander verbindet.

Bekenntnisse des Hochstaplers Felix Krull (1954) war ein Projekt, das Thomas Mann schon sehr früh, etwa 1905 begann. Bereits Anfang der zwanziger Jahre erschien die erste Fassung. Einen zweiten Versuch unternahm er in den dreißiger Jahren, 1937 erschien eine weitere Fassung. Es klappte aber wieder nicht, bis er Anfang der fünfziger Jahre *Der Memoiren erster Teil* fertigstellte. Ursprünglich hatte er vor, Felix Krull in zwei Teilen zu schreiben, doch es blieb beim ersten Teil, denn kurz darauf, im Jahr 1955, verstarb Thomas Mann.

Bekenntnisse des Hochstaplers Felix Krull ist mit Abstand das amüsanteste Buch Thomas Manns und eine Art Schelmenroman mit märchenhaften Zügen. Er nimmt darin auch die Gesellschaft ein wenig hoch. Zum Beispiel beschreibt er die ärztliche Untersuchung des jungen Simulanten Krull nach alter Tradition – eine Szene, die uns heute lächerlich vorkommt. Natürlich dürfen auch einige erotische Szenen nicht fehlen. Darin ist Thomas Mann Weltmeister, obgleich in einer sehr zurückhaltenden Diktion. Seine Homosexualität fällt in dem Roman eigentlich nur auf, wenn man ein besonderes Gespür dafür hat, denn das Thema bleibt bei ihm völlig verkappt. Außer in *Der Tod in Venedig* (1912), wo es offenkundiger ist, aber eben auch unerlöst bleibt.

Wenn man *Bekenntnisse des Hochstaplers Felix Krull* als Einstiegswerk von Thomas Mann liest, könnte man auf die falsche Fährte geraten. Das ist nur ein Teil Thomas

Manns und nicht unbedingt der beste. Die großen Romane sind viel differenzierter. Zum Einstieg sollte man zunächst auf die Kurzgeschichten oder auf die Novellen zurückgreifen, weil er auch darin ein großer Könner war und man auf diese Weise eine Menge über Thomas Mann kennenlernt.

Gerade im erotischen Bereich ist Thomas Mann unschlagbar, weil er nie ins Detail geht, sondern alles nur andeutet und trotzdem eine Sinnlichkeit schafft, wie sie mir bei kaum einem anderen Autor begegnet ist. Diese Sinnlichkeit wird vor allem in *Der Tod in Venedig* auf die Spitze getrieben. Als das Buch im Jahr 1912 publiziert wurde, ahnte noch keiner, dass Thomas Mann eine gewisse Affinität zu Männern hatte. Doch es wird überdeutlich, wie er diesen schönen polnischen Jüngling Tadzio anhimmelt. Mit ihren fünf Kapiteln ist die Form der Erzählung einem Drama nachempfunden. Da er mit dem Werk Gefahr lief, seine gesellschaftliche und literarische Stellung zu schädigen, musste der Ausgang sittlich, aber auch tragisch sein. Thomas Mann selbst zählte die Novelle zu seinen Hauptwerken, und spätestens mit Luchino Viscontis Verfilmung von 1971 wurde sie auch international zu einem seiner bekanntesten Werke.

»Thomas Mann ist für seine elegante Sprache bekannt und berühmt geworden. Und ich würde sogar sagen, dass ihm im 20. Jahrhundert eben in der Eleganz seiner Sprache kaum einer gleichkommt.«

Sein älterer Bruder, **Heinrich Mann** (1871–1950), darf natürlich nicht unerwähnt bleiben. Er war von vornherein anders sozialisiert, wie man so schön sagt. Thomas Mann hatte das Großbürgertum, aus dem er – ebenso wie Heinrich – stammte, einfach verinnerlicht. Und er hielt es auch privat sehr lange für sich aufrecht. Sein ganzer Lebensstil war großbürgerlich. Deswegen hat es oft strenge Auseinandersetzungen mit Heinrich Mann gegeben, der viel sozialer war und viel sozialer dachte. Er war lange nicht so erfolgreich, aber dennoch der bedeutendste politische Schriftsteller seiner Zeit. Die beiden bekämpften sich über zwei Jahrzehnte hinweg, weil Heinrich Mann diese bürgerliche Attitüde einfach nicht akzeptieren konnte – die *Betrachtungen eines Unpolitischen* (1918) seines Bruders Thomas hielt er für eine Frechheit. Es ist ein autobiographischer Essay, in dem sich Thomas Mann mit der politischen und kulturellen Situation Deutschlands während des Ersten Weltkriegs auseinandersetzt.

Thomas Mann erkannte relativ spät, dass sein Bruder Heinrich im Grunde recht hatte. Anfang der zwanziger Jahre verständigten sie sich wieder, und seit dieser Zeit hat Thomas Mann sich in gewisser Weise neu sozialisiert. Später kämpfte er für Menschenrechte und schrieb gegen das Dritte Reich, was sich in seinen großen Romanen allerdings nicht so offensichtlich zeigt. In *Der Zauberberg* wird zwar über Politik gesprochen, es ist aber letztendlich kein entscheidender Punkt des Werkes. Bei *Doktor Faustus* spielt Politik zwar eine Rolle, aber das Werk ist primär eine philosophische und kulturelle Erzählung. *Joseph und seine Brüder* (1933–1943) ist ein historischer Roman. Man könnte natürlich argumentieren, dass alles Politik oder Geschichte ist, aber das stimmt in der Form auch nicht. Dann gibt es den großen Ausreißer *Bekenntnisse des Hochstaplers Felix Krull*, der völlig aus der Art schlägt: mit seinem Charme, seinem Witz, der Ironie, die kaum jemand so gut beherrscht wie Thomas Mann. Die Brüder blieben letztendlich immer sehr unterschiedlich, auch wenn Thomas Mann in politischen Fragen dazugelernt hat.

Heinrich Mann veröffentlichte einen Roman nach dem anderen, darunter viele bedeutende Werke wie *Professor Unrat* (1905), *Der Untertan* (1918) oder der wichtige historische Roman *Henri Quatre* (*Die Jugend des Königs Henri Quatre*, 1935, *Die Vollendung des Königs Henri Quatre*, 1938) über den französischen König Heinrich IV. Seine Werke sind allesamt sehr gesellschaftskritisch und brachten ihm nicht nur Ruhm, sondern auch Kritik ein.

Dennoch ist Thomas Mann der erfolgreichere Bruder geblieben. Das war auch gerechtfertigt, obwohl Heinrich Mann ein großes literarisches Werk hinterlassen hat. Aber Thomas Mann hat mit seinen großen Romanen eine Literatur geschaffen, an die Heinrich Mann nicht herankommt. Einen *Zauberberg*, *Doktor Faustus* oder den Joseph-Roman in der Qualität und dieser Großartigkeit – das sucht man bei Heinrich Mann vergebens. Beim älteren Bruder herrscht meist ein ernster Ton – das Einfache, Lockere ist nicht sein Ding. Thomas Mann hingegen kann Tausende von Seiten über Joseph und seine Brüder und über die geschichtlichen Vorgänge schreiben – und dennoch humorvolle Szenen einbauen.

»Thomas Mann beherrscht eigentlich alle Formen der Literatur.«

Leseliste Thomas Mann

Buddenbrooks. Verfall einer Familie (1901)
Der Tod in Venedig (1912)
Betrachtungen eines Unpolitischen (1918)
Der Zauberberg (1924)
Joseph und seine Brüder (Tetralogie 1933–1943)
Lotte in Weimar (1939)
Doktor Faustus (1947)
Bekenntnisse des Hochstaplers Felix Krull (1954)

Heinrich Böll

Böll habe ich sehr gut gekannt. In der Universitätsbuchhandlung Witsch, wo ich meine Lehre absolviert hatte, ist er ständig ein und aus gegangen.

Relativ zu Anfang, ich war gerade zwei Monate dort, besuchte Heinrich Böll Herrn Keller, unseren damaligen Geschäftsführer. Das tat er häufiger, weil die beiden befreundet waren, aber diesmal hatte er ein Anliegen. Böll hatte sehr viele Bücher in der DDR verkauft, und die DDR hatte ein Problem mit den Devisen, deshalb hatten sie ihm angeboten, einen Teil in Naturalien zu bezahlen. Diese Naturalien bestanden in Hotelaufenthalten und in diesem Fall in fünf kompletten Grimm'schen Wörterbüchern in der Originalausgabe – 32 oder 33 Bände, gebunden. Ich stand während des Gesprächs in der Nähe, und Böll fragte, ob er einige dieser Bände über die Buchhandlung verkaufen könne. Keller war einverstanden, und da sagte ich wie aus dem Nichts: »Oh, die hätte ich auch gerne.« Es verging ungefähr eine Woche, bis die Lieferung kam. Es waren riesige Kartons, die man alleine gar nicht tragen konnte. Auf einer dieser Kisten stand »Für den Lehrling Klaus Willbrand«. Böll hatte sie mir einfach geschenkt. Man darf nicht vergessen, dass sie damals 3500 DM kosteten, also nach heutigem Geld vielleicht 6000 bis 7000 Euro. Ich war natürlich völlig perplex und habe mich entsprechend persönlich bedankt.

In den folgenden Jahren durfte ich noch bessere Bekanntschaft mit Böll machen. Bei Witsch haben wir viele Dichterlesungen veranstaltet, auch mit internationalen Autoren wie Alain Robbe-Grillet und Miodrag Bulatović, aber natürlich auch mit den wichtigsten deutschen Literaten und Literatinnen. Teilweise fanden die Lesungen im Laden statt, wenn der Ansturm zu groß war, im Audimax oder in der Cinemathek. So auch im Falle von Heinrich Böll. Das Audimax war brechend voll, über tausend Menschen hörten ihm zu. Ich musste damals die Vorbereitungen dafür treffen, weshalb es immer einen gewissen Kontakt zu ihm gab.

»Obwohl er ein weltberühmter Schriftsteller war, war er sehr bescheiden. Es kam ihm immer auf die Sache an und nicht auf die äußere Darstellung. Ich habe eine sehr positive Erinnerung an ihn.«

Heinrich Böll (1917–1985) gehört für mich zu den bekanntesten Schriftstellern des Rheinlandes, weil er sein Leben lang seine Literatur auf das rheinische, katholische Milieu konzentrierte. Abgesehen von seinem *Irischen Tagebuch* (1957), das ich übrigens sehr empfehlen kann, weil es einen ausgezeichneten Blick auf das Land liefert. Heinrich Böll ist sowohl als Schriftsteller als auch als sozialer Mensch von großer Bedeutung.

Sein literarisches Werk ist sehr umfangreich und inhaltlich sehr stark an die Zeit nach dem Zweiten Weltkrieg gebunden. Sowohl im In- als auch im Ausland gilt Böll als Chronist der deutschen Geschichte und wichtigster Literat dieser Zeit. 1972 erhielt er den Literaturnobelpreis.

In seiner Trilogie der Nachkriegszeit mit den Romanen *Und sagte kein einziges Wort* (1953), *Haus ohne Hüter* (1954) und *Das Brot der frühen Jahre* (1955) werden die Zustände im zerstörten Köln der Nachkriegszeit sehr plastisch dargestellt, und die Bedingungen, unter denen die Menschen zu der Zeit gelebt haben. Viele lokale Plätze, wie zum Beispiel die Innenstadt – damals ein einziges Trümmerfeld –, werden zum Schauplatz des Geschehens. Sehr eindringlich erzählt er davon, wie sich die Menschen hier durchschlagen mussten, wie versehrte Menschen aus dem Krieg zurückkehrten und sich nicht mehr zurechtfanden. Es geht auch um die Spannungen, die dadurch entstanden, die Ängste und jämmerlichen Bedingungen, unter denen Tausende Kölner und Kölnerinnen in der Nachkriegszeit gelebt haben – heute kann man sich das alles kaum noch vorstellen. Aus diesem Grund müssten seine Bücher für die jüngere Generation auch interessant sein.

Für seine Nachkriegsromane bekam Böll sowohl großen Zuspruch von der Gruppe 47 als auch Kritik aufgrund seiner Darstellung des katholischen Milieus. Viele von Heinrich Bölls Werken sind auch verfilmt worden.

Eins seiner späteren Werke ist *Die verlorene Ehre der Katharina Blum*, das 1974 erschien. Bei einer Party in der Karnevalszeit lernt Katharina einen jungen Mann kennen, der noch nicht verurteilt ist, aber verdächtigt wird, einen Bankraub begangen oder sogar gemordet zu haben. Dieser Verdacht wird in der *ZEITUNG* ausgeschlachtet. Katharina Blum nimmt ihn am Ende der Party mit in ihre Wohnung, und da vermutet wird, dass er observiert wird, schafft sie ihn am nächsten Morgen heimlich hinaus und wird deshalb verdächtigt, ihm geholfen zu haben. Die *ZEITUNG* schlachtet ihre Informationen immer weiter aus, so dass Katharina Blum schließlich zur Mitschuldigen gemacht wird. Die Lage eskaliert immer weiter, bis Katharina zur gewaltsamen Selbsthilfe greifen muss.

Ich habe die Veröffentlichung damals nicht sehr aufmerksam wahrgenommen, weil ich zu der Zeit nicht mehr im Buchhandel tätig und mit anderen Dingen beschäftigt war. Es war eher die Gesamtstimmung in Deutschland, die sich schon Ende der sechziger, Anfang der siebziger Jahre abzeichnete. Es war die Zeit der Studentenbewegung, die Reformen einforderte und aus der später die Rote-Armee-Fraktion (RAF) hervorging. Der Staat reagierte mit harten Anti-Terror-Maßnahmen, darunter Massenverhaftungen, Berufsverbote für Linke und massive Polizeieinsätze. Die Springer-Presse, allen voran die *BILD*-Zeitung, spielte in dieser Zeit eine große Rolle, da sie durch gezielte Manipulation und aggressive Hetze gegen angebliche Sympathisanten der Terroristen die Stimmung aufheizte.

Heinrich Böll kritisierte die unsachliche Berichterstattung und wurde daraufhin von den konservativen Kreisen in Deutschland als Nestbeschmutzer hingestellt. Bezeichnend für ihn war, dass er der ganzen Sache mit einer ziemlichen Unaufgeregtheit begegnete und einfach entscheidende Argumente hatte, die den Menschen und auch den Kreisen, die ihn besonders angriffen, den Wind aus den Segeln nahm. Diese Zeit war extrem aufgeregt, und Böll hat damals schon vorausgeahnt, was Ende der siebziger Jahre passieren würde.

Böll hat also dazu beigetragen, eine gewisse Aufklärung im Hinblick auf Medienmanipulation und den Missbrauch staatlicher Macht zu betreiben. Er war letztendlich der einzige Schriftsteller, der in Deutschland ganz nah an der Realität geschrieben hat. Es hat zwar viele Gesellschaftskritiker gegeben, aber keiner von denen hat die Realität so genau beschrieben, wie Böll das gemacht hat.

Bei ihm kann man gut den Entwicklungsprozess sehen. Seine Nachkriegsbücher sind noch sehr im Persönlichen gefangen, in den Lebensumständen der Menschen, die sich in dieser Zeit unter schwierigsten Bedingungen durchschlagen mussten. Wenn man seine Entwicklung weiter bis zum Familien- und Epochenroman *Billard um halb zehn* (1959) betrachtet, in dem eine Architektenfamilie und ihre Verstrickungen ins Dritte Reich beschrieben werden, so wird es von da an immer politischer. *Gruppenbild mit Dame* (1971), der als sein bedeutendster Roman gilt, gehört auch dazu. *Die verlorene Ehre der Katharina Blum* ist dennoch eine Ausnahme, weil der Autor in diesem Roman eindeutig Stellung bezieht und die Dinge beim Namen nennt, auch wenn er nicht ausdrücklich von der *BILD*-Zeitung spricht. Aber jeder wusste natürlich, wer gemeint ist. In einer editorischen Notiz zu dem Buch schrieb Böll: »Personen und Handlung dieser Erzählung sind frei erfunden. Sollten sich bei der Schilderung gewisser journalistischer Praktiken Ähnlichkeiten mit den Praktiken der ›Bild‹-Zeitung ergeben haben, so sind diese Ähnlichkeiten weder beabsichtigt noch zufällig, sondern unvermeidlich.«

»Heinrich Bölls Hauptwerk herauszustellen ist meiner Meinung nach gar nicht möglich – und vielleicht muss man das auch nicht.«

Franz Kafka

Zu Lebzeiten fand Franz Kafka (1883–1924) nur im kleinen Kreis des expressionistischen Milieus Beachtung. Bereits in jungen Jahren legte er seinen zahlreichen Briefen oft kurze Texte bei und verbreitete seine Arbeiten so über seinen Bekanntenkreis. Durch die posthumen Veröffentlichungen Max Brods wurde er zum Geheimtipp unter Intellektuellen. Spätestens nach dem Zweiten Weltkrieg wurde Kafka jedoch wiederentdeckt und erlangte internationale Bekanntheit. Heute gilt er als einer der einflussreichsten Schriftsteller überhaupt und findet zunehmend Anklang bei einem jungen Publikum.

Es ist bemerkenswert, wie Kafkas Werke, obwohl in einer anderen Zeit entstanden, bis heute nichts von ihrer Wirkung verloren haben. Seine Schilderungen von Unsicherheit, Ohnmacht und Fremdbestimmung erscheinen heute aktueller denn je. Jeder, der sich ernsthaft mit der Gegenwart auseinandersetzt, wird diese heraufbeschworenen Szenen, die man von ihm kennt, in der Jetztzeit wiederfinden.

In *Die Verwandlung* (1915) verwandelt sich der Protagonist in einen großen Käfer. Das alles ist natürlich metaphorisch gemeint – nämlich, dass man den Verwandlungen des Lebens oft hilflos ausgeliefert ist. In dieser Erzählung finden sich auch Parallelen zu Kafkas Familiengeschichte, dem autoritären Vater und seinem Wunsch nach einem selbstbestimmten Leben.

In *Der Prozess* (1925) wird jemand beschuldigt, ein Verbrechen begangen zu haben, ohne dass ihm gesagt wird, worum es geht oder wie lange dieser Prozess dauern wird. Kafkas Text zeigt das Scheitern des Individuums in einer anonymen Welt, die völlig aussichtslos erscheint. Eine weitere Parabel Kafkas, die eine zum Scheitern verurteilte Suche nach Erkenntnis aufgreift, liefert sein letzter

Roman *Das Schloss* (1926). Aufgrund dieser Themen ist Kafka bis heute relevant.

Hinzu kommt, dass er eine sehr illustre Figur war, die jedoch krankheitsbedingt immer wieder aus bestimmten Lebensphasen herausgerissen wurde. Das lässt sich besonders gut in seinen Briefen erkennen, die er an Felice Bauer schrieb (*Briefe an Felice*, 1912–17), seine langjährige Verlobte, und zum Schluss seines Lebens an Milena Jesenská, eine bekannte tschechische Journalistin, mit der er in seinen letzten Lebensjahren eng befreundet war.

Kafkas erster Sammelband erschien 1912 unter dem Titel *Betrachtung* in einer kleinen Auflage von 800 Exemplaren als Privatdruck bei Rowohlt – das heißt, Kafka musste sich finanziell an der Publikation beteiligen. Verkauft wurden knapp 200 Exemplare. Der Verleger Kurt Wolff hatte zu dem Zeitpunkt als stiller Teilhaber bereits Einfluss auf das Programm des Rowohlt Verlages und war somit mitbeteiligt. Als Ernst Rowohlt 1913 in den Buchhandel wechselte und den Verlag aufgab, übernahm Kurt Wolff den Verlag vollständig und somit auch die Restauflage von Kafkas *Betrachtung*. Er versah sie mit einem neuen Umschlag, deklarierte sie als zweite Auflage und brachte den Band 1915 erneut heraus. Kafka wurde zu einem der wichtigsten Autoren im Kurt Wolff Verlag und Wolff zu seinem Förderer.

Das Entscheidende in Bezug auf sein Erstlingswerk ist aber die Auseinandersetzung, die die Literaturkritik seit fast 100 Jahren darüber führt, wie *Betrachtung* literarisch in sein Gesamtwerk einzuordnen ist. Man ging lange davon aus, dass es eigentlich sehr frühe Schreibübungen waren, die nicht weiter beachtet werden sollten und die für sein Gesamtwerk keine wirkliche Bedeutung haben. 2024 brachte der Suhrkamp Verlag eine neue Ausgabe von Kafkas *Betrachtung* mit einem Nachwort von Vivian Liska heraus, die auf deutschsprachige jüdische Literatur spezialisiert ist. Sie vertritt die Meinung, dass schon in diesen frühen Arbeiten die Grundideen des Werkes von Kafka erkennbar sind. Denn alle diese kleinen, teilweise nur ein paar Zeilen langen Texte sowie die kurzen Erzählungen haben bereits diese befremdende, manchmal sogar erschreckende Grundstimmung. Und man findet schon die berühmten Brüche: Kafka erzählt scheinbar harmlose Geschichten, und plötzlich kommt etwas ganz Absurdes oder Abstraktes hinein und gibt dem Ganzen eine andere Wendung. Interessant ist in dem Zusammenhang, dass Ilse Aichinger, als sie Anfang der achtziger Jahre den Kafka-Preis bekam, auch schon auf die *Betrachtung* einging, lange bevor die allgemeine Literaturkritik diese Ansicht aufgegriffen hat. Man hat diese Erzählungen damals gar nicht ernst genommen. Aber Ilse Aichinger war eben eine sehr hellsichtige Frau und hat sich bereits zu dem Zeitpunkt diesem neuen Verständnis angenähert und es auch klar kommuniziert. Die moderne Forschung hat mittlerweile nachgewiesen, dass es sich bei diesen kleinen Geschichten, es sind teilweise nur ein paar Sätze, um wichtige Werke Kafkas handelt und die Behauptungen nicht mehr haltbar sind, dass sie nur die ersten Versuche darstellen. Es lohnt sich, diese frühen Erzählungen noch einmal zu lesen, es ist vielleicht sogar der beste Einstieg in Kafkas Werk.

Kafkas unvollendete Werke wurden posthum von Max Brod im Verlag Die Schmiede herausgegeben. Die Schmiede war damals ein elitärer Berliner Verlag und hieß so, weil er sich tatsächlich in einer ehemaligen Schmiede befand. Der Verlag veröffentlichte Werke namhafter Autoren wie Alfred Döblin, Joseph Roth und auch die erste deutsche Übersetzung des ersten Teils von Marcel Prousts *Auf der Suche nach der verlorenen Zeit* unter dem Titel *Der Weg zu Swann*. Während der NS-Zeit sind viele Dokumente des Verlags verlorengegangen. Man kennt die Auflagenhöhen nicht mehr und kann nur Vermutungen anstellen. Speziell bei Kafka, aber auch bei vielen anderen Autoren. Die Bücher solcher Autoren und Autorinnen sind deswegen auch so interessante Sammelobjekte, weil sie oft in kleinen Auflagen erschienen sind, da zu jener Zeit noch niemand ahnte, dass dieser Mann oder diese Frau weltberühmt werden würde. Aus diesem Grund – aber auch aufgrund der generell niedrigen Auflagenzahlen – sind Erstausgaben von Kafka extrem selten.

Ob die posthume Veröffentlichung der Romanfragmente *Der Prozess*, *Das Schloss* und *Der Verschollene* (*Amerika*, 1927) durch Max Brod moralisch vertretbar war, ist bis heute umstritten. Gerade sein Bedürfnis, alles zu vollenden und zu verhindern, dass diese Romane – die ja noch Fragmente waren – in die Öffentlichkeit gelangen, sowie sein ausdrückliches Verbot gegenüber seinem Freund Max Brod, die Manuskripte zu veröffentlichen, zeigt, dass Kafka mit einer großen Ernsthaftigkeit an das Schreiben herangegangen ist. Wir können natürlich froh sein, dass Max Brod sich ihm widersetzt hat, auch wenn er fast leichtfertig mit den fragmentarischen Texten umgegangen ist. Es gibt außerdem einige Literaturkritiker, die ihm vorwerfen, die eigentliche Reihenfolge der Textfragmente nicht eingehalten zu haben. Auch die sogenannten endgültigen Fassungen sind nicht unbedingt die endgültigen Fassungen von Kafka. Zwar lag ein großer Teil der Romane vor, und es gab Skizzen, Notizen und Fragmente, die zur endgültigen Ausarbeitung noch notwendig waren. Was Kafka letztendlich aus diesen Romanen gemacht hätte, bleibt aber offen.

»Direkt lernen kann man von Kafka gar nichts. Man kann aber seine Hellsichtigkeit als Hilfe nehmen, um die eigene Zeit zu verstehen. Wenn das ein Lernprozess ist, dann kann man das vielleicht auch so formulieren.«

Leseliste Franz Kafka

Betrachtung (1912)
Die Verwandlung (1915)
Ein Hungerkünstler (1922)
Der Prozess (1925)
Das Schloss (1926)
Der Verschollene (Amerika) (1927)

Als Klaus Wagenbach seinen Verlag gegründet (1964) und die ersten Quarthefte herausgebracht hat, gab es eine Goodwill-Tour durch ganz Deutschland. Eine Werbe- und PR-Reise, um das Image zu stärken und die Bücher zu bewerben. Von Günter Grass (1927–2015) war *Onkel, Onkel. Ein Spiel in vier Akten* 1965 in einem der ersten Quarthefte erschienen. Er hat die Tour auch finanziert. Wagenbach hatte damals kein Geld, da ist Grass mit ihm fünf Wochen durch Deutschland gereist. In Köln wollte keiner was davon wissen, weil Wagenbach als links galt und der Buchhandel von Hause aus konservativ ist. Wir haben die beiden trotzdem zu Witsch eingeladen, und es waren jede Menge Leute da. Meine Kollegen und Kolleginnen waren natürlich scharf drauf, ein signiertes Buch zu bekommen. Grass war auch sehr großzügig und hat 30 oder 40 Hefte von seinem signierten *Onkel, Onkel* einfach so verschenkt. Dann war ich an der Reihe. Der Geschäftsführer von Witsch, Rebmann, war zu dem Zeitpunkt im Urlaub, also hatte ich die Leitung. Und dann fragte er mich, was ich denn da reingeschrieben haben möchte, und ich sagte: »Ich sammle keine Autogramme.« Der war so was von sauer. Grass war ein unglaublicher Egomane, das war eine persönliche Beleidigung für ihn.

Jahre später, als ich beim Arno Spitz Verlag war, bin ich drei-, viermal in der Woche geflogen. Es war fast wie Bus fahren. Und ich habe auch gar nicht mehr drauf geachtet, wer so um mich herum saß. Doch eines Tages saß neben mir einfach so Günter Grass. Er schaute mich an und sagte: »Ich kenne Sie doch irgendwoher.« »Ja«, sagte ich, »von Witsch.« »Ach, Sie sind derjenige, der keine Signatur von mir haben wollte.« Das hatte sich bei ihm eingeprägt. Wir haben uns dann noch eine Weile unterhalten, es war ganz lustig, und er war auch wieder ganz normal. Ihn als »nett« zu bezeichnen wäre vielleicht übertrieben, aber er war gut zugänglich. Und dann sind wir beide zusammen nach Köln geflogen.

Mit der *Blechtrommel* (1959) war dem damals zweiunddreißigjährigen Günter Grass ein wirklich großer Wurf gelungen. Er hat natürlich noch andere lesenswerte Bücher geschrieben, vor allen Dingen die Novelle *Katz und Maus* (1961). Sie zeigt sehr dicht die Warte von jungen Leuten, wie sie das Dritte Reich gesehen haben und die Verherrlichung, die da teilweise stattgefunden hat. Vor allem aber wird die Schuld der Mächtigen gegenüber den Ohnmächtigen aufgezeigt, wie der Titel symbolisch vermuten lässt. Als letzter Roman reiht sich *Hundejahre* (1963) in die Danziger Trilogie ein.

Die Blechtrommel machte Grass in der breiten Öffentlichkeit als Romancier bekannt. Der Roman erzählt die Geschichte von Oskar Matzerath, einem Jungen, der mit drei Jahren beschließt, nicht mehr zu wachsen, und mit seiner Blechtrommel gegen die Verlogenheit der Erwachsenenwelt protestiert. In einer sehr komprimierten Form und mit einer interessanten, fast skurrilen Figur umfasst der Roman die Vor-, Kriegs- und Nachkriegszeit. Es ist ein Werk der überbordenden Phantasie und trotzdem an der Realität orientiert – das schafft nicht jeder. 1958 erhielt Grass für diesen Roman den Literaturpreis der

Gruppe 47, deren Mitglied er war. 1999 erhielt er den Nobelpreis für Literatur.

Es gibt dazu auch eine Geschichte mit unserem früheren Literaturpapst. Marcel Reich-Ranicki hatte Ausschnitte aus dem Buch, die Grass bei der Gruppe 47 vorgelesen hatte, sehr gelobt, dann aber später den Roman im Ganzen eher verrissen. Was eigentlich, wenn man das im Nachhinein betrachtet, ein Fehler war.

Grass ist nicht nur aufgrund seiner politischen Haltung, sondern auch wegen der provokativen Romane immer wieder sehr stark angefeindet worden, wobei man *Die Blechtrommel* ausgeklammert hat. Er hat auch insgesamt sehr viel geschrieben, was vom Volumen her eigentlich nicht unbedingt gerechtfertigt ist.

Friederike Mayröcker

Friederike Mayröcker (1924–2021) war von Hause aus Lyrikerin, wobei sie sehr viele Arbeiten geschrieben hat, die sich gar nicht ohne weiteres als Lyrik auftun. Man spricht eher von lyrischer Prosa, die zwar erzählend ist, aber in ihrem ganzen Duktus Strukturen von Dichtung aufweist. Sie hinterließ auch ein größeres Werk an erzählender Literatur.

Mayröcker hat viel mit Sprache experimentiert und ist für viele eher schwer zugänglich. Der Schriftsteller und Lyriker Ernst Jandl war bis zu seinem Tod ihr Lebensgefährte, mit dem sie sich sehr viel ausgetauscht hat. Gemeinsam haben sie Hörspiele und experimentelle Texte verfasst.

Bekannt ist sie größtenteils unter Literaturfreunden, da ihre Werke sich dem unmittelbaren Verständnis entziehen. Sie wollen entschlüsselt werden, was für viele eine mühsame Aufgabe ist. Zudem erfordern sie ein großes Maß an Vorwissen, und selbst dann bleiben sie oft schwer zugänglich. Es gibt die These, dass wahre Dichtung ohnehin nicht vollständig verstanden werden kann – eine Annahme, die nicht auf alle Lyriker:innen zutrifft. Paul Celan etwa hat in seinen Nachkriegsgedichten durchaus verständliche und zugleich sehr kritische Verse verfasst. Doch auf Mayröcker trifft diese These in besonderem Maße zu.

Privat lebte sie im kreativen Chaos. Sie hat ihre Wohnung mit Büchern und Manuskripten zugepackt, so dass man sich kaum darin rühren konnte. Horst Nibbe, ein bekannter Kölner Antiquar und mein guter Freund, ist oft bei ihr zu Besuch gewesen. Die beiden kannten sich sehr gut, wie er viele österreichische Autoren und Autorinnen sehr gut persönlich kannte. Er hat mir ihre Wohnung eigentlich als unbewohnbar beschrieben. Dort hat sich nur die Mayröcker wohlgefühlt. Nach dem Tod von Jandl wurde es immer schlimmer. Jandl hatte sich noch einen gewissen Freiraum in der Wohnung geschaffen, als er aber tot war, sind bei ihr alle Dämme gerissen. Sie konnte einfach nichts wegwerfen, nichts sortieren. Es muss aber auch faszinierend gewesen sein, weil da kein Müll rumstand. Das waren alles Bücher, Manuskripte, Skizzen – eben alles Dinge aus dem Literaturbereich. Horst Nibbe sagte mir, wenn man da irgendwo sitzen wollte, musste man sich erst mal Stühle freiräumen.

»Ein Lieblingswerk von ihr habe ich nicht. Sie ist unnahbar in dem Verständnis ihrer Arbeit. Doch ihr Werk eignet sich manchmal auch dafür, nur Abschnitte zu lesen, weil sie keine Romane in dem Sinne geschrieben hat. Aber da etwas besonders herausheben, das möchte ich nicht. Ich scheue mich davor, solche Urteile abzugeben, weil es unsinnig ist.«

Max Frisch

Max Frisch (1911–1991) ist neben Dürrenmatt der bedeutendste Schweizer Autor der Nachkriegszeit.

Mit *Stiller* (1954) hat er wohl seinen wichtigsten Roman geschrieben. Darin beschreibt er das Scheitern eines Lebens. Im Zentrum steht der Bildhauer Anatol Ludwig Stiller, der nach Jahren im Ausland unter einem anderen Namen in die Schweiz zurückkehrt. Er wird inhaftiert, weil er als potenzieller Deserteur der Schweizer Armee gilt, will sich aber nicht mit seinem alten Leben identifizieren. Dieser Roman ist in seiner Zeit schon für seine innovative Erzählweise und die Gesellschaftskritik als Nonplusultra gefeiert worden. Der erste Satz »Ich bin nicht Stiller« ist geradezu ikonisch. Das Thema der Identitätsfindung ist hier und in nahezu allen Werken von Max Frisch zentral.

Homo faber (1957) versieht Max Frisch mit dem Untertitel *Ein Bericht*. Es handelt sich aber um einen Roman über das Leben und den Umgang mit der Technik – ein

Konflikt zwischen Rationalität und Schicksal, der vor allem in den fünfziger Jahren angesiedelt ist. Dennoch ist *Homo faber* eines der wenigen Bücher, von denen man sagen kann, dass sie nichts von ihrer Aktualität eingebüßt haben. Auch wenn wir mit dieser rasenden Entwicklung der Technik heute enger vertraut sind als die Generation vor uns oder auch meine Generation, bleibt sie einfach ein Problem, weil wir diesen technischen Innovationen nach wie vor geistig nicht gewachsen sind. Und deswegen ist vor allem für junge Menschen die Auseinandersetzung damit sehr wichtig. Für den ungeübten Leser ist *Homo faber* als Einstieg durchaus zu empfehlen. 1991 wurde das Buch von Volker Schlöndorff verfilmt.

Der dritte große Roman, *Mein Name sei Gantenbein* (1964), gehört zu den experimentellsten Werken von Max Frisch. Der Erzähler entwirft verschiedene mögliche Lebensgeschichten, um Wahrheit und Identität einer Figur zu erkunden.

Max Frisch hat außerdem viel Tagebuch geführt. Das erste *Tagebuch 1946–1949* (1950) beinhaltet seine Reflexionen über die unmittelbare Nachkriegszeit in der Schweiz, das zweite *Tagebuch 1966–1971* (1972) umfasst eher gesellschaftliche und politische Beobachtungen. Das *Berliner Journal*, von Frisch selbst mit einer Sperrfrist von 20 Jahren nach seinem Ableben versehen, erschien 2014 posthum und ist eine Mischung aus Tagebuch, essayistischen Reflexionen und literarischen Porträts, in denen er mit scharfem Blick das gesellschaftliche und politische Leben in West- und Ostberlin beobachtet, dabei persönliche Gedanken, Begegnungen mit Schriftstellerkollegen und seine Eindrücke von der DDR festhält. Tagebücher sind insofern literarisch von Bedeutung, als dass sie besonders intime Reflexionen und Gedanken enthalten können – wie etwa im Falle der veröffentlichten Tagebücher von Virginia Woolf oder Thomas Mann.

Neben den autobiographischen Schriften hat Max Frisch auch viele Dramen und Erzählungen verfasst.

Rolf Dieter Brinkmann

Eine Geschichte zu Brinkmann ist mir besonders in Erinnerung geblieben. Rudolf Rieser, Ralf-Rainer Rygulla, Hartmut Sander und ich fuhren 1975 in seinen Geburtsort Vechta. Durch einen Stau kamen wir zu spät. Zu spät zu seiner Beerdigung. Als wir am Tor zum Friedhof standen, zuckten wir auf einmal alle zusammen, weil Brinkmann vor seinem eigenen Sarg herging. Natürlich tat er es nicht, aber aus 100 Meter Entfernung sah sein um vier Jahre jüngerer Bruder Karl-Heinz Brinkmann genauso aus wie er. Warum er vor dem Sarg herging, wusste keiner von uns. Eine merkwürdige Situation, die sich bei mir und allen Beteiligten für alle Zeiten eingeprägt hat. Vielleicht, weil Brinkmann so früh gestorben ist und wir es einfach nicht glauben wollten. Weil wir nicht einverstanden damit waren, was für ein Schicksal gerade ihn, den für uns größten Dichter unserer Zeit, mit 35 Jahren ereilt hatte. Aber das ist natürlich nicht das Einzige, was es zu Brinkmann zu erzählen gibt.

Wir waren eigentlich ein Quartett. Hartmut Sander

gehörte dazu, meine damalige Freundin Marianne Weber, Rolf und ich. Wir haben alles zusammen gemacht oder besser gesagt vieles.

Brinkmann (1940–1975) kam damals aus Essen, wo er in einer kleinen katholischen Buchhandlung seine Ausbildung gemacht hat, er fand die Stadt aber langweilig. In der gleichen Buchhandlung lernte er auch Rygulla kennen, mit dem er später die wichtige Anthologie *ACID* über die neueste amerikanische Literatur herausbrachte – andere Publikationen folgten. Brinkmann hatte Kontakt zu Joseph Caspar Witsch – dem damaligen Verlagschef des Kiepenheuer & Witsch Verlages – und sagte zu ihm: »Ich möchte raus aus Essen, ich will nach Köln. Können Sie mir helfen?« »Kein Problem, wir haben eine eigene Buchhandlung, da können Sie sofort anfangen.« Dann kam er zu uns, in die Verlagsbuchhandlung Witsch. Das war gleichzeitig sein Eintritt in den Literaturbetrieb.

Zu dieser Zeit war ich schon mit Hartmut Sander eng befreundet. Wir hatten uns in Köln bei der gemeinsamen Lehre kennengelernt und verstanden uns auf Anhieb. Es gab eine Zeit, da wollten wir sogar zusammen eine Zeitschrift gründen. Da ist auch nur deswegen nichts draus geworden, weil er so einen dominanten Vater, einen ehemaligen Oberst, hatte. Und wenn ich bei ihm zu Besuch in Remscheid war, wurden wir am Sonntagmorgen um 07:00 Uhr mit Marschmusik aus dem Bett geholt. Das war echt zum Kotzen. Hartmut sollte ein ordentlicher Mann werden, kein verträumter Literaturfanatiker. Seine Schwester ist übrigens die berühmte Helke Sander, Filmprofessorin und Autorin. Sie hatte es schon viel früher nicht mehr zu Hause ausgehalten und war Anfang der sechziger Jahre nach Finnland gegangen.

Marianne, meine damalige feste Freundin, gehörte sehr schnell auch zu unserer Gruppe dazu. Wir waren untrennbar und haben immer alles zusammen gemacht. Marianne war unglaublich selbständig, sie war von zu Hause abgehauen, hatte mehrere Jahre in Paris gelebt und war dann nach Köln gekommen – auf der Suche nach einem Job. Dort wurde sie Sekretärin des Geschäftsführers bei Witsch. Sie wohnte damals noch bei ihrer älteren Schwester, und die wollte nicht, dass ich bei ihr übernachte. Das war immer ein Affentheater. Da bin ich dann heimlich durchs Fenster eingestiegen. Heiraten war damals überhaupt kein Thema für uns. Es spielte keine Rolle, es war nicht unser Ding.

Brinkmann stieß also 1962 als gelernter Buchhändler zu uns, und wir waren uns sofort sympathisch. Er war damals noch unbehaust und bezog ein Zimmer zur Untermiete in der Wohnung des Malers und Grafikers Georg Esser und dessen Familie in der Engelbertstraße 65. Geld hat man damals nicht viel verdient. Er war froh, dass er sofort Kontakte hatte. Rolf war ein hochinteressanter Intellektueller, das wurde Hartmut und mir schnell klar.

Am Anfang war er noch etwas verunsichert. Aber das war nur von kurzer Dauer, denn er hatte schon immer ein enormes Format. Dennoch musste er sich am neuen Ort erst zurechtfinden, und wir waren dabei natürlich eine gewisse Hilfe. Brinkmann brauchte Gesprächspartner, man konnte mit ihm keinen Smalltalk halten oder einfach nur rumfeiern. Das war ihm alles fremd. Das wollte er nicht, das wollte er nie. In Gesprächen hat er jeden förmlich ausgequetscht, und wenn man dem nicht gewachsen war, hat er die Person sofort fallenlassen. Und trotzdem war er ein Gesellschaftsmensch und sehr kommunikativ, aber eben nur mit Leuten, mit denen er über die wichtigen Dinge, hauptsächlich Literatur, reden konnte.

Brinkmann hatte einen Hang zu Kaschemmen. Je schäbiger die Kneipe, umso besser. Nicht selten hat er dort auch rumgepöbelt – er war ein spezieller Charakter und ist vielem mit großem Unbehagen begegnet. Wir sind immer zusammen durch die Stadt gelaufen. Er hat übrigens nie in meinem Beisein über Köln geflucht. Als freier Mitarbeiter des WDR machte er Lesungen, Funkessays und Besprechungen. Im Rahmen einer Hörfunksendung *Die Wörter sind böse. Kölner Autorenalltag 1973* drückte ihm der WDR ein Tonband in die Hand, daraufhin tobte er los. Klar, er fand Köln schäbig, aber die Stadt hatte für ihn auch ihren Reiz.

Über den Kontakt zum Kiepenheuer & Witsch Verlag lernte er den Schriftsteller und Cheflektor Dieter Wellershoff kennen, der fortan literarischen Einfluss auf ihn hatte. 1962 brachte Wellershoff eine Anthologie heraus, *Ein Tag in der Stadt*, darin ist auch eine Erzählung von Brinkmann, *In der Grube*, zu finden. Eine seiner ersten wichtigen Prosaveröffentlichungen. Dieser Band gilt als die sogenannte Kölner Schule des neuen Realismus, die Wellershoff damals etablierte. Ihm ging es eigentlich nur darum, neue junge, deutschsprachige Autoren und Autorinnen an den bis dahin recht traditionell aufgestellten

Verlag zu binden, die Presse nahm diesen Marketingbegriff aber dankbar auf.

Im gleichen Jahr hatte Brinkmann seine erste selbständige Lyrikveröffentlichung. Hartmut und ich gründeten den »Klaus Willbrand Verlag« eigens, um Brinkmanns Gedichtband *Ihr nennt es Sprache* zu verlegen. Weil man damals erst mit 21 volljährig war und vorher den Verlag nicht namentlich benennen durfte, trug dieser meinen Namen. Ich glaube aber, dass es Hartmuts Vorschlag war, er hat uns immer wieder Gedichte vorgelesen, und irgendwann waren es so viele, dass wir gesagt haben, wir machen einen kleinen Band daraus. Brinkmann war einverstanden. Die Auswahl haben wir gemeinsam zu dritt getroffen. Bei der Entstehung des ersten Gedichtes aus dem Band waren wir sogar mit dabei. Wir drei waren gemeinsam unterwegs, gingen am Rhein entlang, und da hat Rolf das Gedicht geschrieben, in unserem Beisein.

BETON

Sonntags
Beton die Herzkammern
davon angefüllt der
Schlaf in lichtlosen
Räumen woher
kein Kindsschrei
kommt für immer
eingemauert Gebete
sprengen nicht

die Kapseln geborgen
ruhn sie hier Sonntags
Beton die hohen
Räume Dome
hochhinauf im Inneren
schalldicht ruhn
die Embryos
der Haufen
grau die Nachgeburt
ruhn im Beton
ruhn im Gedicht
hier still
Sonntags
Beton

Die Idee für die Ausstattung des Buches kam übrigens von Georg Esser, Brinkmanns damaligem Vermieter.

Es gab natürlich kein Geld für den Druck, dieser kostete damals 1200 DM. Ich habe dann während meiner Lehrzeit die Ferien dazu genutzt, in meinem alten Job, den ich früher als Gymnasiast gemacht hatte, im Akkord auf dem Bau zu arbeiten. Das war eine kleine Firma, die aber teilweise 30 bis 40 Bauprojekte gleichzeitig hatte, alles Einfamilienhäuser. Die waren aber an unterschiedlichen Orten, also bin ich teilweise 40 Kilometer von einer Baustelle zur anderen geradelt. Aber nach den Ferien hatten wir so das Geld für den Druck zusammen.

Das Buch wurde in Remscheid gedruckt, Hartmuts Heimatstadt. Er hatte mir eine Druckfahne geschickt, die ich korrigierte, und später stellte sich heraus, dass nicht alle Korrekturen vom Drucker übernommen wurden. Die Fehler hatte ich, bis auf einen, also bereits vorher entdeckt. Es waren banale Fehler, zum Beispiel das Wort »Sonntags« im ersten Gedicht. Das sollte eigentlich kleingeschrieben werden. Heute würde man vielleicht drüber hinwegsehen, aber damals war man sehr empfindlich. Brinkmann hat dann nach 93 signierten Exemplaren die Fehler entdeckt, abrupt mit dem Signieren aufgehört und darauf bestanden, dass die signierten Exemplare eingestampft werden – das habe ich aber nicht gemacht. Direkt gestritten haben wir uns deswegen nicht, aber die Spannung war spürbar. Wir haben uns dennoch wieder zusammengerauft. Viele Jahre später, als er in den siebziger Jahren in Rom war, hat er mir in einem Brief geschrieben, ich solle die Bücher jetzt endlich vertreiben – Fehler hin, Fehler her.

Doch erst vier Jahre nach seinem Tod kamen die 500 gedruckten Exemplare in den Handel. Ich selbst war zur damaligen Zeit nicht im Buchhandel tätig, verkaufte einige Exemplare privat und übergab den Großteil der Auflage Horst Nibbe, meinem guten Freund und Kölner Antiquar, der sie seinerseits an Gundel Gelbert, damals eine Kölner Antiquarin, weitergab. Sie schaltete eine Anzeige in der *ZEIT*, woraufhin sie alle hochpreisig verkauft worden sind – für 150 DM das Stück. Denn Brinkmann war inzwischen berühmt. Das Buch hatte auch seine Daseinsberechtigung, es stand am Anfang seiner literarischen Schaffensperiode. Geld habe ich aus diesem Verkauf keins gesehen, ich habe im Prinzip nur welches ausgegeben. Ich habe auch nie ein signiertes Exemplar behalten, ich bin ja kein Sammler. Ein unsigniertes stand vorne im Laden in der Glasvitrine – zum Verkauf.

Nach der Publikation von *Ihr nennt es Sprache* hat man mir bei Witsch die Pistole auf die Brust gesetzt – entweder ich bleibe in meiner Position im Buchhandel, oder ich wechsele in die Verlagsbranche, aber mir blieb gar nichts anderes übrig, als im Buchhandel weiterzumachen, weil ich kein Geld hatte.

Brinkmann selbst hat auch nie viel Geld verdient. Mit seiner Freundin und späteren Frau Maleen lebte er in wirtschaftlich katastrophalen Verhältnissen. Ich kam eines Abends unbekümmert in die Engelbertstraße, ich fühlte mich dort ohnehin wie zu Hause, und sagte: »Ich gehe mal eben in die Küche und mache mir eine Schnitte.« Maleen war vollständig verlegen und sagte: »Wir haben nichts zu essen hier.« Es war leider schon abends, und alles hatte zu. Da bin ich zum Kiosk und habe ein Schweinegeld ausgegeben. Erst mal für die Grundversorgung, und dann holte ich noch etwas Ordentliches zu essen. Es war ein unhaltbarer Zustand. Aber dann erhielt er 1964 den Förderpreis des Landes Nordrhein-Westfalen für junge Künstlerinnen und Künstler über 20 000 DM, und die Lage verbesserte sich.

Inzwischen hatte er seine Arbeit im Buchhandel hinter sich gelassen und neue Wege eingeschlagen. Brinkmann hatte eigentlich noch nicht mal einen Realschulabschluss, hatte aber, was selten vorkam, vom Kultusministerium ein sogenanntes Begabtenabitur bekommen und konnte nach einer Sonderprüfung damit studieren. 1963 fing er ein Studium an der Pädagogischen Hochschule Rheinland, Abt. Köln, an, das er 1968 wieder abbrach.

Maleen Kramer, die er bereits in Essen kennengelernt hatte und die mit ihm nach Köln gezogen war, war eine Intellektuelle, aber auf eine andere Art und Weise als er. Sie musste es natürlich sein, denn sie war seine wichtigste Ansprechpartnerin. Alles hat er erst mal mit ihr besprochen, obwohl es alles andere als eine harmonische Partnerschaft war. 1964 kam ihr gemeinsames Kind Robert zur Welt. Er war aber extrem krank, hatte einen schweren Gehirnschaden und musste ständig betreut werden. Inzwischen lebt er mit seiner Mutter Maleen in einem Kölner Seniorenheim.

Die problematische Beziehung mit seiner Frau verarbeitete Brinkmann in seinem einzigen (autobiographischen) Roman *Keiner weiß mehr* (1968). Auch wenn der Roman damals auf der *SPIEGEL*-Bestsellerliste stand und von Marcel Reich-Ranicki gelobt wurde, ist es meiner Meinung nach kein bedeutendes Werk. Er hat ihn innerhalb von sechs Wochen im Zorn zusammengekloppt. Es war eine schwierige Zeit für ihn. Maleen war mit Robert nach Holland abgehauen – für Wochen. Und er hat in seiner ganzen Wut und Verzweiflung dieses Buch geschrieben. Ansonsten war er eher ein langsamer Schreiber. Seine Beschreibungen waren immer sehr exakt, an manchen Tagen hat er nur einen Satz zustande gebracht, obwohl er sehr fleißig war.

1965 unternahm Brinkmann die erste Reise nach London, wo sein Freund, Ralf-Rainer Rygulla, 1963 bis 1966 als Buchhändler bei Foyles arbeitete – bis heute eine der größten Buchhandlungen des Landes. Gemeinsam beschäftigten sie sich bis 1969 intensiv mit der Literatur, insbesondere Lyrik, der amerikanischen Gegenkultur und Avantgarde. Während ältere Autoren aus der Beat Generation wie Ferlinghetti, Ginsberg oder Kerouac durch Übersetzungen auch in Deutschland zunehmend Beachtung fanden, legten Brinkmann und Rygulla in ihren diversen Anthologien den Fokus vor allem auf die zweite Generation der Beats beziehungsweise der sogenannten New York School of Poets. In ihrem berühmten Band *ACID* (1969, MÄRZ-Verlag) oder auch für Radioessays im WDR übersetzten sie deshalb Texte von Frank O'Hara, Lenore Kandel, Ted Berrigan, Ron Padgett und vielen weiteren, die hierzulande noch völlig unbekannt waren, und kultivierten diese neue Art des Schreibens in Deutschland.

Ich bin in der Zeit ein paarmal mit einem Kollegen mit dem Auto in London gewesen. Dort gab es eine Buchhandlung, die nur amerikanische und englische Underground-Literatur führte. Der Geschäftsführer hatte vieles auf Menge gekauft und konnte das gar nicht verkaufen, also hat er mir das ganze Auto für 'n Appel und 'n Ei vollgepackt. Ich war dann natürlich die Sensation, weil es das in Deutschland alles nicht gab. Gleichzeitig brachte es uns auch Kritik aus der linken Szene ein, denn dem Land, das für den Vietnamkrieg verantwortlich war, wurde mit Verachtung begegnet.

Im Jahr 1965 erschien *Die Umarmung*, Brinkmanns Erzählband im Kiepenheuer & Witsch Verlag. Wellershoff und die Lektorin Renate Matthaei etablierten ihn dort als

Autor. Bis zum Bruch 1971 sollte er sieben weitere Werke herausbringen, wovon zwei Übersetzungsanthologien waren. Das Bedeutendste, was er gemacht hat, waren seine Gedichtbände, aber auch die beiden Erzählbände *Raupenbahn* (1967) und *Die Umarmung*. Er war der größte Lyriker der Nachkriegszeit – vielleicht neben Celan. Sein Schreibstil ist präzise, aber sprunghaft und flüchtig, außerdem bedient er sich vieler Lehnübersetzungen aus dem Englischen und arbeitet intermedial: Fotografie und Musik fließen in großem Umfang in seine Werke ein. Generell misstraute Brinkmann der Sprache, wollte sie später sogar zugunsten der Bilder aufgeben. Seine Sprache soll wie ein Schnappschuss sein – eine flüchtige Momentaufnahme, einfach und klar. Natürlich war er kein Bestsellerautor, sondern nur einer für Kenner. Aber es gibt bis heute in jeder Generation eine Menge Leute, die Brinkmann schätzen.

Brinkmann und Maleen waren, bevor er tödlich verunglückte, kurz davor, sich zu trennen. Das heißt, Maleen lebte schon nicht mehr in der Wohnung und ist erst nach seinem Tod wieder dort eingezogen. Sie musste nach London reisen, um ihn dort abzuholen, also den Sarg. In seinem hinterbliebenen Gepäck war ein Buch von Ezra Pound, den ich sehr geschätzt habe. Es waren die letzten *Cantos*, die er veröffentlicht hat. Und darin war eine seitenlange Widmung von Brinkmann. Das Buch wollte er mir als Geschenk aus England mitbringen, wo er beim internationalen Cambridge Poetry Festival (17.–21. April 1975) einen riesigen Erfolg hatte. Er las dort (auf Deutsch und Englisch) aus neun Gedichten vor, was wahrscheinlich, wenn er nicht kurz darauf tödlich verunglückt wäre, sein internationaler Durchbruch gewesen wäre. Zwei Tage nach dem Festival wurde er auf der Westbourne Grove in London von einem Auto erfasst, sein Kollege, der Lyriker Jürgen Theobaldy, war Augenzeuge. Ein Monat nach seinem Tod, im Mai 1975, erschien *Westwärts 1&2* bei Rowohlt, in seinem neuen Hausverlag, und wurde zum Riesenerfolg. Darin setzte er sich mit seiner Zeit in Amerika auseinander, wo er im Frühjahr 1974 für mehrere Monate an der University of Texas als Lektor und »visiting writer« eingeladen war. Für dieses Werk wurde ihm im Mai 1975 posthum der Petrarca-Preis verliehen, und somit war er der Erste überhaupt, der mit diesem wichtigen internationalen Literaturpreis ausgezeichnet wurde.

Die Beerdigung fand, wie eingangs schon erwähnt, in seinem Geburtsort Vechta statt, wo wir für kurze Zeit glaubten, er sei von den Toten auferstanden. Die Beerdigung war groß, viele Menschen aus der Literaturszene hatten sich dort zusammengefunden, um ihm ihren Respekt zu zollen. Sein Verleger, Heinrich Maria Ledig-Rowohlt, war anwesend, Mitarbeitende des Kiepenheuer & Witsch Verlages, allerdings keine Lyriker:innen. Mit denen hatte sich Brinkmann überworfen, mit Ausnahme von Wolf Wondratschek.

Nach diesem Unglück stand Maleen mit dem kranken Kind zunächst vor dem Nichts. Ich bin mit ihr von Behörde zu Behörde, um erst mal ihren Lebensunterhalt zu sichern. Sie hatte zwar einen Beruf, aber sie konnte wegen Robert nicht arbeiten. Ich habe dort die Situation erklärt und gesagt: »Das ist die Frau eines bedeutenden zeitgenössischen Schriftstellers, der jetzt tot ist. Wenn Sie nicht sofort helfen, dann ist mein nächster Weg der zur Presse. Dann wird die gesamte deutsche Presse darüber berichten, dass Sie die Frau eines der bedeutendsten Dichter verhungern lassen.« Und es hat funktioniert.

Heute habe ich keinen Kontakt mehr zu ihr. Ich habe ihn abgebrochen, als sie 2010 diesen blödsinnigen Band *Vorstellung meiner Hände* von Rolf rausgebracht hat. Gedichte, die Rolf eigentlich vernichten wollte. Sein ehemaliger Mitbewohner Peter Hackmann (1940–2010) hatte sie aus dem Papierkorb geklaubt, und Rowohlt hat daraus einen Band gemacht. Ich habe damals gesagt: »Wenn du das zulässt, dann sind wir geschiedene Leute. Das akzeptiere ich nicht.« Das waren Sachen, die man vielleicht in einer Gesamtausgabe als Jugendsünde in einem Frühschriften-Band hätte drucken können. Brinkmann wollte diese Schriften vernichten, hat sie sogar zerrissen, sie waren ihm nicht gut genug. Die Nachwelt hat sich dennoch auf den Band gestürzt.

Er war ein schwieriger Mensch. Die meisten seiner Kollegen konnte er nicht leiden, und er hat sich auch mit vielen angelegt. Manchmal konnte er sehr unfair sein, aber man muss dabei seine überragende Intelligenz und Genialität berücksichtigen. Er konnte eben kein Mittelmaß ertragen.

Anna Seghers

Anna Seghers (1900–1983) ist besonders für ihre Exilliteratur bekannt und beschäftigte sich bereits früh mit politischen und sozialen Themen. Ihr wichtigstes Werk ist *Transit* (1944); es beschreibt die schwierige Lage der Exilanten in Marseille, die Tage und Wochen in den Konsulaten und Botschaften ein und aus gehen in der Hoffnung, ein Visum zur Ausreise aus Frankreich zu bekommen. Der Druck wird immer größer, weil die Deutschen zunächst nur den nördlichen Teil Frankreichs besetzt hatten, aber immer weiter nach Süden vordrangen. Es ist eine sehr eindrucksvolle Studie und meiner Meinung nach ihr bedeutendstes Werk. Darin verarbeitet sie nicht zuletzt ihre eigenen Erfahrungen der Flucht. Der Roman erschien 1944 zunächst in englischer Übersetzung, das deutsche Original erst 1948, als sich die Bedingungen für eine Veröffentlichung im Nachkriegsdeutschland verbesserten.

Das siebte Kreuz (1942) erzählt die Geschichte einer Flucht aus einem KZ in Hitlerdeutschland, bei der es nur einem von sieben Flüchtlingen gelingt, wirklich in die Freiheit zu gelangen. Seghers entwirft ihre Figuren mit großer Vielschichtigkeit und Komplexität – jeder Charakter trägt individuelle Züge und hat eigene Beweggründe. Dieser Roman wurde international anerkannt.

Beide Romane entstanden in einer Zeit, in der Seghers aufgrund ihrer jüdischen Herkunft und kommunistischen Überzeugung zur Emigration gezwungen war und sich aktiv im antifaschistischen Widerstand engagierte.

Sie floh 1933 zunächst nach Frankreich und später nach Mexiko, wo sie im Exil literarisch aktiv blieb und ihre wichtigsten Werke veröffentlichte, denn in vielen dieser Länder gab es sogenannte Exilverlage. Nach ihrer Rückkehr wurde sie zur zentralen Gestalt der DDR-Literatur, und sie bleibt eine der wichtigsten deutschen Schriftstellerinnen des 20. Jahrhunderts.

Leseliste Anna Seghers

Die Gefährten (1932)
Die Rettung (1937)
Das siebte Kreuz (1942)
Transit (1944)
Der Ausflug der toten Mädchen (1946)
Die Toten bleiben jung (1949)

Alfred Andersch

Obwohl Alfred Andersch (1914–1980) nicht ganz an die Spitze der deutschen Literaten gelangte, zählt er dennoch zu den herausragenden Autoren der Nachkriegszeit. Als Gründungsmitglied der Gruppe 47 beschäftigte er sich häufig mit politischen Themen und verarbeitete in seinen Werken seine eigenen Erfahrungen mit Diktatur, Krieg und Flucht. Viele seiner Bücher tragen autobiographische Züge. Die bedeutendsten Werke Anderschs entstanden in den 1950er und 1960er Jahren.

Die **Gruppe 47** wurde 1947 gegründet und war ein Zusammenschluss von Schriftstellern und Schriftstellerinnen, die die deutsche Literatur nach dem Zweiten Weltkrieg neu ausrichten wollten. Hans Werner Richter und Alfred Andersch waren ihre Initiatoren. Die Beteiligten verstanden sich nicht als einheitliche Bewegung mit einem festen politischen Programm, sondern hatten eine neue Literatur zum Ziel. Schon bald wurde die Gruppe zu einem bedeutenden Einflussfaktor in der bundesdeutschen Literaturlandschaft. Der ab 1950 vergebene Literaturpreis der Gruppe 47 verhalf zahlreichen Schriftstellern und Literatinnen zu größerer Bekanntheit.
Ingeborg Bachmann, Heinrich Böll, Günter Grass, Ilse Aichinger, Uwe Johnson, Wolfgang Koeppen und Max Frisch waren nur einige der bekannten Mitglieder. 1977 löste sich die Gruppe endgültig auf.

Sein Publikumserfolg ist der Roman *Sansibar oder der letzte Grund* (1957), der sich mit dem Widerstand im Nationalsozialismus und der Thematik der Flucht befasst. Er erzählt die Geschichte einer Gruppe von Menschen, die aus unterschiedlichen Gründen aus Nazideutschland fliehen wollen. Bis heute wird der Roman häufig als

Schullektüre gelesen – nicht zuletzt wegen seiner klaren Struktur und seiner existenziellen Thematik.

Weniger bekannt, aber eher in Literaturkreisen geschätzt, ist sein Roman *Die Rote* (1960), den ich auch für den interessanteren halte. Er handelt von einer Frau, die sich gegen gesellschaftliche Zwänge und politische Verhältnisse auflehnt. Sie kommt mit ihrem Leben nicht mehr zurecht, weil ihr Mann in ihren Augen ein angepasster Spießer ist. Also haut sie über Nacht einfach ab, setzt sich in einen Zug nach Venedig und lernt dort einen Mann kennen, in den sie sich sofort verliebt. Und ja, das ist im Grunde die ganze Geschichte – aber sie ist sehr interessant erzählt.

Wie viele große Autoren schafft es Andersch, aus scheinbar einfachen Dingen eine gute Geschichte zu machen. Denn eigentlich ist es ja eine Banalität: sich von einem langweiligen Mann zu trennen und einfach abzuhauen. Aber zu der Zeit, in der das Buch geschrieben wurde, war das für Frauen noch eher eine Ausnahme – damals waren es häufig die Männer, die verschwanden. Dass sie dann ausgerechnet nach Venedig fährt, gibt dem Ganzen eine besondere Note. Andersch beschreibt die Stadt dabei nicht als bloße Vedute, sondern fängt das Milieu ein. Damals war Venedig noch nicht so überlaufen, es lebten noch viele Einheimische dort – anders als heute, da sie fast völlig verdrängt sind.

Leseliste Alfred Andersch

Die Kirschen der Freiheit (1952)
Sansibar oder der letzte Grund (1957)
Geister und Leute (1958)
Die Rote (1960)
Wanderungen im Norden (1962)
Mein Verschwinden in Providence (1971)
Winterspelt (1974)

Marieluise Fleißer

Marieluise Fleißer (1901–1974) hatte es immer sehr schwer, weil sie aus einem provinziellen Milieu kam – aus Ingolstadt. Vergleichbar mit dem, was Else Lasker-Schüler, die aus Wuppertal kam, immer bemängelt hat. Es war stets das Provinzielle, aus dem sie ausbrechen mussten. Else Lasker-Schüler tat es, indem sie ihr vorheriges Leben zurückließ und nach Berlin ging, Fleißer ist aber nicht aus Ingolstadt hinausgekommen. Sie hatte aber einen einflussreichen Freund, nämlich Bertolt Brecht, der ihr die weite Welt eröffnet und auch dafür gesorgt hat, dass ihre Dramen in Berlin aufgeführt wurden, zum Beispiel *Pioniere in Ingolstadt* im Jahre 1929, bei dem Brecht die Regie übernahm.

Marieluise Fleißers Werke erschienen in den zwanziger und dreißiger Jahren. Eine ihrer ersten Publikationen ist der Erzählband *Ein Pfund Orangen und neun andere Geschichten* (1929). Die Kurzgeschichten beleuchten die täglichen Herausforderungen, sozialen Spannungen und individuellen Schicksale der Menschen in einer ländlichen Umgebung. Mit einem unverfälschten Blick schildert Fleißer das provinzielle Leben, geprägt von Härte, Enge und einer oft beklemmenden Stimmung.

Der Roman *Mehlreisende Frieda Geier* (1931) erzählt die Geschichte der jungen Frieda Geier, die als Handelsvertreterin für eine Mehlfirma unterwegs ist. Während ihrer Reisen durch ländliche Gebiete trifft sie auf unterschiedliche Menschen und wird mit den rauen Lebensbedingungen sowie den Herausforderungen des Alltags konfrontiert.

Im Dritten Reich kamen ihr Stück *Pioniere in Ingolstadt* und ihr Roman *Mehlreisende Frieda Geier* auf die Liste des »schädlichen Schrifttums«, und sie wurde faktisch vergessen. In der Nachkriegszeit kannte sie kaum noch jemand, aber dann gab es in den sechziger Jahren eine Renaissance.

In neuerer Zeit hat dankenswerterweise der Suhrkamp Verlag eine vierbändige Taschenbuchausgabe herausgegeben, in der sowohl ihre Dramen, die Gedichte als auch ihre Erzählungen und Romane zusammengefasst sind.

Seit 1981 verleiht Ingolstadt ihr zu Ehren den Marieluise-Fleißer-Literaturpreis, Preisträgerinnen sind unter anderem Irmgard Keun und Herta Müller. Es gibt da eine schöne Formulierung von Gert Rühl, die sinngemäß heißt: »Sie schätzte das Prinzip Wahrheit, und deshalb ist ihr Werk ohne Lüge.«

»Sie sollte man wirklich wieder beachten, sie hat es verdient.«

Ingeborg Bachmann

Ingeborg Bachmann (1926–1973) war eine österreichische Schriftstellerin und Lyrikerin sowie eine herausragende Stimme der Nachkriegsliteratur. Die Qualität ihrer Poesie bewies sie bereits mit ihrem ersten Lyrikband *Die gestundete Zeit* (1953), für den sie im selben Jahr noch den Literaturpreis der Gruppe 47 erhielt – ein Preis, der ihren Ruhm maßgeblich beeinflusste.

Bereits 1954 schaffte es Ingeborg Bachmann auf die Titelseite des *SPIEGELS*, die normalerweise von wichtigen Menschen aus der Politik und weniger von deutschen Literatinnen geschmückt wird. Der Titel lautete: *Gedichte aus dem deutschen Ghetto*.

1956 erscheint Bachmanns zweite Gedichtsammlung *Anrufung des Großen Bären*, die an den Lyrikband *Die gestundete Zeit* anschließt. Die schwer zugänglichen Verse enthalten unter anderem Bezüge zu Ludwig Wittgensteins und Martin Heideggers Werken. Der »Große Bär« kann symbolisch für eine mythische oder kosmische Instanz stehen, eine Art übergeordnetes Wesen oder Orientierungspunkt in einer zerrütteten Welt. Ihr einziger abgeschlossener Roman *Malina* (1971) handelt von einer

Dreiecksbeziehung, die deswegen ungewöhnlich ist, weil zwei Figuren dieser Dreiecksbeziehung eigentlich eine Person sind. Die Protagonistin schildert darin ihre Lage als Geliebte von zwei Männern. Der Roman ist komplex und fordert den Leser heraus – Briefe, Dialoge und Traumsequenzen sind in einer collageartigen Struktur miteinander verwoben.

Ich erinnere mich an eine kleine, bezeichnende Geschichte. Es gab ja eine Zeitlang das »Literarische Quartett«, wo unter anderem Reich-Ranicki die Hauptrolle spielte. Dort wurde ein Ausschnitt aus dem Buch vorgelesen und heruntergespielt, es sei ein banales Buch ohne hohen Anspruch. Mit anderen Worten: Dieses Buch ist auch in literarisch hochinteressierten Kreisen offensichtlich nicht aufmerksam behandelt worden. *Malina* ist ein wichtiges Buch, das mit den großen Erschütterungen dieses Jahrhunderts zu tun hat und nicht zuletzt aus feministischer Perspektive relevant ist.

Bachmann war in Liebesbeziehungen mit Paul Celan und Max Frisch verbunden, die sich in manchen ihrer Werke widerspiegeln. Trotz ihres tragischen frühen Todes nach einem Brandunfall hinterließ sie ein umfangreiches Werk aus Romanen, Gedichten, Hörspielen und Essays.

Leseliste Ingeborg Bachmann

Anrufung des Großen Bären (1956)
Der gute Gott von Manhattan (1958)
Das dreißigste Jahr (1961)
Malina (1971)
Simultan (1972)

Robert Musil

Man spricht bei Robert Musil (1880–1942) auch gern vom deutschsprachigen Marcel Proust und nennt ihn in einem Atemzug mit James Joyce, dabei war er nach dem Ende des Zweiten Weltkriegs faktisch vergessen.

Die Arbeit an seinem Erstlingsroman begann Musil mit gerade mal 22 Jahren, und er verarbeitete dort die eigenen Erfahrungen in einer militärischen Erziehungsanstalt. *Die Verwirrungen des Zöglings Törleß* (1906) brachte ihm die erste literarische Anerkennung. Es eignet sich gut als Einstieg in Musils Werk und nimmt die Thematik der kommenden Diktatur vorweg.

Musil veröffentlichte auch viele Essays zu philosophischen, kulturellen und politischen Themen. Sein wichtigstes Werk aber ist der zu Lebzeiten unvollendete Roman *Der Mann ohne Eigenschaften* (1930–1943). Er gehört zu den wichtigsten Büchern des 20. Jahrhunderts. Die Arbeit daran begann er bereits in den zwanziger Jahren, und er ließ die gesellschaftliche Krise seiner Zeit mit einfließen. Im Zentrum der Handlung steht Ulrich, ein Intellektueller, der in einer Zeit des Umbruchs lebt – kurz vor dem Ersten Weltkrieg im Österreich-Ungarn des Jahres 1913. Ulrich ist ein Mann »ohne Eigenschaften«, was bedeutet, dass er keine festen Überzeugungen oder eine klare Identität hat. Er fühlt sich von der Welt und den Menschen um ihn herum entfremdet. Der erste Band erschien 1930, der zweite folgte 1933, beide im Rowohlt Verlag, mit dem Musil einen Vertrag für mehrere Jahre geschlossen hatte. Musil arbeitete bis zu seinem Tod an der Fortsetzung des komplexen Romans – unter anderem in seinem Schweizer Exil, in das er aus Österreich vor den Nationalsozialisten floh. Dort lebte er zuletzt unter schwierigen finanziellen Bedingungen; er starb im Jahr 1942.

Ein Kenner seiner Arbeiten, Adolf Frisé, rettete seinen unvollendeten Roman und gab mit Musils Frau den dritten Band und damit die erste vollständige Fassung von *Der Mann ohne Eigenschaften* ein Jahr nach seinem Tod heraus. Die Auflage war sehr gering und primär für eine kleine akademische Leserschaft gedacht, denn Musil war am Ende des Krieges nahezu unbekannt.

»Man hatte ihn vergessen. Einen der bedeutendsten Schriftsteller des 20. Jahrhunderts kannte kein Mensch, selbst die Fachwelt nicht.«

Frisé war ein schlauer Kopf, er hat bei jeder Ausgabe, die in den folgenden Jahren herauskam, immer wieder ein paar Seiten hinzugefügt, so dass jede davon eine erweiterte Erstausgabe war, so auch die Neuedition von 1952. Die erste Ausgabe, insbesondere die unveränderte, originale Version von *Der Mann ohne Eigenschaften* von 1943 gilt heute als eines der teuersten Bücher auf dem Markt. Was die Rezeption des Werkes angeht, so waren sich Kritiker bereits bei den ersten Publikationen des Romans einig, dass er Zuspruch bekommen und von einer großen Wichtigkeit sein wird, allerdings aufgrund seines Umfanges, der Form und Komplexität nur einem ausgewählten Leserkreis zugänglich.

Es existiert ein Buch von ihm, das heißt *Nachlass zu Lebzeiten* (1936). Das ist im Grunde eine Provokation, denn eigentlich handelt es sich dabei um keinen Nachlass. Wenn ich Schriften, die sonst nirgends publiziert sind, zu Lebzeiten veröffentliche, ist das ein Scherz, obwohl er kein Typ war, der Scherze machte. Im Vorwort erklärt er, dass er seine fragmentarischen Werke bewusst zu seinen Lebzeiten veröffentlichen wollte, um zu verhindern, dass sie nach seinem Tod als unvollständiger »Nachlass« wahrgenommen werden. Dazu zählen gesammelte Betrachtungen, Gedichte und Erzählungen.

Thomas Bernhard

Thomas Bernhard (1931–1989) ist für seine radikale Kritik an der österreichischen Gesellschaft bekannt geworden. Entscheidend dabei sind seine Prosawerke und die Theaterstücke. Bis heute ist er ein umstrittener und kontrovers diskutierter Autor.

Frost ist sein erster Roman (1963), der Bernhard im gleichen Zug bekannt machte. Er handelt von einem Studenten, der von einem Chirurgen beauftragt wird, seinen Bruder, einen Maler namens Strauch, zu besuchen. Diese Begegnung mit Strauch, die anfangs noch distanziert ist, sich aber später intensiviert, wird im Roman geschildert. Es ist hauptsächlich ein Monolog des Malers in ewigen Wiederholungen, sozusagen ein Antihymnus. Themen wie Einsamkeit und Tod spielen eine zentrale Rolle – generell ist Bernhards Werk von finsterer und pessimistischer Stimmung durchzogen. Im Roman gibt es Anspielungen auf Samuel Beckett, denn Strauchs Monologe erinnern oft an ausweglose Situationen, in denen auch Becketts Figuren gefangen sind, aber auch auf Franz Kafka, dessen Protagonisten fremdbestimmten Aufgaben nachgehen. 20 Jahre nach Erscheinen wurde *Frost* noch einmal herausgegeben, in einer kleinen Auflage von 1000 Exemplaren, die Thomas Bernhard signiert hat.

Das meiner Ansicht nach interessanteste Werk von ihm ist *Alte Meister* (1985). Es handelt von zwei Menschen, die sich im Wiener Museum mit Kunst auseinandersetzen. Der zweiundachtzigjährige Musikkritiker Reger sitzt dort über 30 Jahre lang regelmäßig auf einer

Bank vor dem *Bildnis eines weißbärtigen Mannes* von Tintoretto und diskutiert mit seinem Freund Atzbacher, einem Schriftsteller, über Kunst, Philosophie, Gesellschaft und die Unzulänglichkeit der Welt.

In ganz frühen Jahren hat er auch zwei Gedichtbände veröffentlicht. Ich würde behaupten, dass diese nicht zu seinen großen Würfen gehören, aber das kann man natürlich auch anders sehen.

Ende der sechziger Jahre begann er, Theaterstücke zu schreiben. Sein bekanntestes Stück überhaupt dürfte *Heldenplatz* (1988) sein – ein pessimistischer Blick auf Österreichs Umgang mit der nationalsozialistischen Vergangenheit. Die Uraufführung am Wiener Burgtheater fand unter Protesten und Demonstrationen statt, das Stück wurde sehr kontrovers aufgenommen. Auch hier finden sich die langen Monologe wieder – Wiederholungen und Steigerungen bleiben sein typisches Stilmittel. Für viele ist er genau wegen dieser ständigen Wiederholungen nur schwer verdaubar. Aber Thomas Bernhard gehört zu den Autoren, in die man sich hineindenken und hineinlesen muss, dann findet man auch viel Substanz.

»Ich halte von Thomas Bernhard sehr viel. Er ist sicher der wohl wichtigste Theaterautor überhaupt. Er gehört zu den Ausnahmeerscheinungen des letzten Jahrhunderts und wird gerade am Theater einer der gefragtesten Autoren bleiben.«

Gabriele Wohmann

Gabriele Wohmann (1932–2015) war auf der einen Seite eine durchaus bekannte Schriftstellerin, auf der anderen hat sie aber nie einen richtigen Durchbruch gehabt. Ihr langer Schreibweg begann in den sechziger Jahren, die wichtigsten Arbeiten erschienen bis in die achtziger Jahre hinein. Sie hat ein sehr umfangreiches Prosa-Werk geschrieben, aber kein Buch ist auch nur annähernd bekannter geworden. Ihre Themen sind vor allen Dingen das Elternhaus, ihre Eltern und das gesellschaftliche Umfeld – keine außenstehenden Themen, sondern eher sehr persönliche. Das mag auch der Grund sein, warum sie nicht so erfolgreich war.

Gabriele Wohmann gehört zu den vielen Schriftstellerinnen, die ihren eigenen Weg gingen und ein solides Werk haben, aber keinen großen Einfluss auf die Leser:innen hatten oder gar eine Fangemeinde aufbauen konnten.

»Ich fürchte, dass sie in 20 bis 30 Jahren einfach vergessen sein wird.«

Leseliste Gabriele Wohmann

Abschied für länger (1965)
Paulinchen war allein zu Haus (1974)
Schönes Gehege (1975)
Frühherbst in Badenweiler (1978)

Hans Henny Jahnn

Hans Henny Jahnn (1894–1959) ist vielen namentlich bekannt, aber es gibt leider nur sehr wenige Leute, die ihn wirklich gelesen haben. Er ist schwer fassbar und lässt sich in das Curriculum der Literatur nicht so ohne weiteres aufnehmen.

Sein erstes bedeutendes Buch ist *Perrudja*, welches 1929 veröffentlicht wurde. Ein expressionistischer Roman, der in Norwegen spielt. Generell bewegte sich Hans Henny Jahnn sowohl in seiner Literatur als auch privat im skandinavischen Raum. Der Grund dafür liegt darin, dass er 1915 zunächst nach Norwegen emigrierte und ab 1934 auf der dänischen Insel Bornholm lebte. Als Kriegsgegner und Bisexueller war ihm in Deutschland zunächst kein friedliches Leben vergönnt. Er war Landwirt, Hormonforscher und betrieb Pferdezucht – währenddessen verschwand er eine Zeitlang aus dem literarischen Bewusstsein. Seine andere große Profession war der Orgelbau. So restaurierte und versetzte er über hundert bedeutende (mittelalterliche) Orgeln in ihren Originalzustand. Nach dem Krieg engagierte er sich gegen atomare Rüstung und die Wiederbewaffnung.

In der Nachkriegszeit erschien seine bedeutende Trilogie *Fluss ohne Ufer* (1949–50). Sie beginnt mit dem Roman *Das Holzschiff*, gleichzeitig der Prolog zum Hauptteil *Die Niederschrift des Gustav Anias Horn I und II*, und endet mit dem *Epilog*, der posthum veröffentlicht wurde. Das Werk bezieht sich nicht auf die direkte Nachkriegszeit, eigentlich überhaupt nicht auf eine bestimmte Zeit, und ist dennoch von großer literarischer Bedeutung. In dem Roman geht es um den Komponisten Gustav Anias Horn, dessen Verlobte bei einem Unwetter vom Schiff verschwindet und deren Schicksal er zu rekonstruieren versucht. Dabei stehen die Krisen des Individuums und der Begriff der Kunst im Vordergrund. Sein einzigartiger Stil ist durchsetzt von essayartigen Einschüben und literarischen Zitaten – Einflüsse von Franz Kafka, Marcel Proust und James Joyce sind hier spürbar.

»Es ist eines der Werke, die ich in die ganz große Literatur einordne. Ein Jahrhundertwurf.«

Leseliste Hans Henny Jahnn

Pastor Ephraim Magnus (1919)
Perrudja (1929)
Fluss ohne Ufer. Romantrilogie.
– Das Holzschiff (1949)
– Die Niederschrift des Gustav Anias Horn I und II (1949/50)
– Epilog (1961)
13 nicht geheure Geschichten (1954)
Die Nacht aus Blei (1956)

Arno Schmidt

Arno Schmidt (1914–1979) war ein wichtiger Autor des 20. Jahrhunderts und gleichzeitig literarischer Außenseiter. Nach dem Krieg trat er als Übersetzer englischer und amerikanischer Literatur auf, teilweise auch in Zusammenarbeit mit seiner Frau, die ihr ganzes Leben der Arbeit ihres Mannes gewidmet hat.

Leviathan ist seine erste Publikation, die 1949 bei Rowohlt erschien. Ein Nachkriegsroman, der sich mit den Themen Krieg, Gewalt und menschliche Existenz auseinandersetzt – hier fließen auch Schmidts eigene Kriegserfahrungen ein.

Es folgten einige Bücher, die sich hauptsächlich mit seiner damaligen, etwas desolaten Situation beschäftigten. Er war relativ jung, verheiratet und lebte abgeschieden und unter ärmlichsten Verhältnissen, als seine großen Werke in den fünfziger und sechziger Jahren erschienen, darunter auch *Die Gelehrtenrepublik* (1957) – ein Buch, das phantastische Züge hat und gleichzeitig sehr ironisch ist. Es spielt in zwei Welten, nämlich in einer von Atomkräften zerstörten Landschaft und zum anderen auf einer Insel, einer schwimmenden künstlichen Insel, wohin sich sozusagen die Intellektuellen der ganzen Welt gerettet haben. *Die Gelehrtenrepublik* ist sein literarisches Manifest und gleichzeitig eine scharfe Kritik an der Verkürzung und Vereinfachung des Wissens, oberflächlicher Wissensvermittlung und der Rolle der Intellektuellen in der modernen Welt.

1970 erwartete uns das Monumentalwerk *ZETTEL'S TRAUM* – ein Resümee seiner bisherigen Arbeit und ein literarisches Experiment, das ursprünglich als Reproduktion seines über tausend Seiten langen Typoskripts im DIN-A3-Format erschienen ist. Der Roman kreist um einen Privatgelehrten, der mit einem befreundeten Ehepaar über seine Übersetzung von Edgar Allan Poe spricht. Dabei verwebt er die Geschichte einer Dreiecksbeziehung mit Reflexionen über Sprache, Literatur, Psychoanalyse und Bewusstsein. Ein gigantisches Werk mit einer komplexen Sprache und Struktur, welches die Grenzen der Literatur sprengt und als eins der schwierigsten Werke in deutscher Sprache gilt. Eine intellektuelle Herausforderung, aber gleichzeitig auch eines der radikalsten und originellsten Werke der deutschen Literatur überhaupt.

Arno Schmidts Texte zeichnen sich durch eine ungewöhnliche Sprache, durch Verschleifungen und durch phonetische Ausdrücke aus. Sie sind nicht leicht zu lesen, aber diese Art der Sprache enthält auch viel Witz. Vieles ist bei ihm ironisch gemeint. Auf der anderen Seite war er der Gesellschaft gegenüber immer sehr argwöhnisch und sah sie eher kritisch. In seinem Werk finden sich Anlehnungen an James Joyce, auch wenn sich die sprachliche Experimentierfreudigkeit bei Arno Schmidt in anderer Form äußert.

»Eines meiner Lieblingsbücher ist übrigens ›Die Gelehrtenrepublik‹, das würde ich sogar auf eine einsame Insel mitnehmen.«

Hans Fallada

Hans Fallada (1893–1947) ist ein wichtiger Schriftsteller des 20. Jahrhunderts, der ständig zwischen Krise und Erfolg gelebt und geschrieben hat. Eins seiner früheren wichtigen Werke ist *Bauern, Bonzen und Bomben*, 1931 bei Rowohlt erschienen. Zu seinen sozialkritischen Werken zählt auch *Kleiner Mann – was nun?* (1932) – ein Roman über die wirtschaftlichen und sozialen Nöte eines kleinen Angestellten in der Weltwirtschaftskrise, mit dem er weltberühmt wurde. Er handelt von den alltäglichen Sorgen und Nöten eines kleinbürgerlichen Ehepaares, den

Pinnebergs, die in einer Welt voller Feindseligkeit ums Überleben kämpfen. Der Roman wurde in zahlreiche Sprachen übersetzt und verfilmt.

Eine ähnliche Thematik greift der Roman *Wolf unter Wölfen* (1937) auf, eine Geschichte des Spielers und Lebenskünstlers Wolfgang Pagel, der in einer Gesellschaft voller Gier, Korruption und sozialem Zerfall versucht, seinen Platz zu finden. Es sind meistens die Schicksale kleiner, einfacher Leute, die Fallada in einfacher, zugänglicher Form beschreibt.

Sein letztes großes Werk, *Jeder stirbt für sich allein*, erschien 1947 erst nach seinem Tod und sorgte noch einmal für Furore. Es ist ein Widerstandsroman, dem eine wahre Geschichte zugrunde liegt: Das Berliner Ehepaar Quangel (im wahren Leben Otto und Elise Hampel) nimmt nach einem persönlichen Schicksalsschlag den Kampf gegen das nationalsozialistische Regime auf und verteilt Flugblätter gegen Hitler.

Dazu kommt noch ein Spätwerk, das er 1944 während seiner Haftzeit (wegen Betrugs und Unterschlagung) verfasste, das aber auch posthum, im Jahr 1950, veröffentlicht wurde. Der Roman ist sein persönlichstes Werk, weil er autobiographische Züge aufweist – er heißt *Der Trinker* (1950). Fallada selbst hat sein Leben lang mit der Alkoholabhängigkeit und Drogensucht gekämpft, womit er jedoch nicht alleine dastand.

»Man hat Fallada oft als Unterhaltungsschriftsteller abgestempelt, aber diese Beurteilung ist meiner Ansicht nach überhaupt nicht haltbar.«

Christa Wolf

Christa Wolf (1929–2011) war eine prägende Figur der DDR-Literatur. Bekannt ist sie vor allem für ihre kritische Stimme, die das Spannungsverhältnis jener Epoche beschreibt.

Der geteilte Himmel (1963) ist Christa Wolfs erste Erzählung, die in beiden Teilen Deutschlands große Beachtung fand. In diesem frühen Werk setzt sie sich mit der Problematik der deutschen Teilung auseinander – anhand einer Liebesgeschichte. Die junge Rita lebt in der DDR der frühen sechziger Jahre und führt eine Beziehung mit Manfred. Als dieser nach einem Arbeitskongress im Westen bleibt, hofft er, dass sie ihm folgt. Doch bei einem kurzen Aufenthalt dort fühlt sich Rita in der westdeutschen Gesellschaft fremd und kehrt kurz vor dem Mauerbau in die DDR zurück. Das Werk zeigt, wie tief die deutsche Teilung in die privaten und zwischenmenschlichen Beziehungen eingreift – eine Thematik, die sich auch im bezeichnenden Titel *Der geteilte Himmel* widerspiegelt.

Die Erzählung *Kassandra* (1983) ist eine Neuinterpretation des Kassandra-Mythos, die Christa Wolf nutzt, um zwei zentrale Themen herauszustellen: den Wunsch nach Frieden und die Stellung der Frau in der Gesellschaft. Es ist ihr erfolgreichstes Werk. Kassandra war eine Seherin, die in Troja lebte und deren Warnungen keiner hören wollte, so dass das Trojanische Pferd in die Stadt kommen konnte und damit die Eroberung Trojas möglich wurde. In diesem Roman wie auch in *Medea. Stimmen* (1996) tritt die feministische Haltung Wolfs deutlich hervor.

In der Nachkriegszeit erschienen einige Bücher, die sich mit den Vorgängen im Dritten Reich, im Zweiten Weltkrieg und mit deren Auswirkungen auf die frühe Bundesrepublik auseinandersetzten.

Das wohl eindringlichste Buch zu diesem Thema wurde von Wolfgang Koeppen (1906–1996) geschrieben, *Tauben im Gras* (1951). Er beschreibt darin sehr scharfsinnig, sehr kritisch und mit ungeheurer Akribie die politische Lage der Nachkriegszeit in Deutschland. Koeppen schreibt so, dass auch bei den Nachgeborenen durchaus eine Vorstellung entstehen kann, wie die Bedingungen und die Lebensumstände dieser Zeit waren. Das Buch könnte in der Oberstufe des Gymnasiums durchaus als (Pflicht-)Lektüre behandelt werden, weil es die politische Situation der Bundesrepublik in der Nachkriegszeit authentisch nachzeichnet. Es ist viel dichter als beispielsweise die Nachkriegsbücher von Heinrich Böll, die sich doch sehr auf Köln und auf den rheinischen Katholizismus konzentrieren.

Tauben im Gras ist der erste Roman seiner »Trilogie des Scheiterns«, die er zwischen 1951 und 1954 verfasste. Es folgten *Das Treibhaus* (1953) und *Der Tod in Rom* (1954), die zunächst weniger Aufmerksamkeit erhielten. *Das Treibhaus* ist als innerer Monolog des Schriftstellers und Übersetzers Keetenheuve angelegt, der sich für die Wahrung demokratischer Werte und gegen die weit verbreitete Korruption einsetzen möchte, dabei jedoch immer wieder an die Grenzen seiner eigenen Möglichkeiten und der politischen Strukturen stößt. Mit seinem modernen literarischen Erzählen reiht sich Koeppen in die Tradition von James Joyce und William Faulkner ein. Später, etwa in den sechziger Jahren, fand Koeppens Trilogie endlich die Beachtung, die sie verdiente – nicht zuletzt mit Hilfe von Marcel Reich-Ranicki.

Uwe Johnson

Uwe Johnson (1934–1984) gehört zu den herausragenden Autoren des 20. Jahrhunderts. Bereits mit seinem Debütroman *Mutmaßungen über Jakob* (1959) spricht er das Ost-West-Problem an und thematisiert die Zustände sowohl in der DDR als auch in Westdeutschland. Trotz seiner komplexen Erzählstruktur machte ihn der Roman bekannt. »Aber Jakob ist immer quer über die Gleise gegangen« ist der ikonische erste Satz des Werkes. Es handelt von einem Beamten bei der DDR-Reichsbahn in Dresden, Jakob Abs, dessen plötzlicher Tod rekonstruiert wird. Bei Uwe Johnson haben wir damit den seltenen und frühen Fall, dass ein Buch beide Seiten – die DDR und die Bundesrepublik – mit sehr guter Sachkenntnis beschreibt. Der Westen wird dabei nicht als idealisiertes Gegenbild zur DDR dargestellt, sondern als ein Ort mit anderen, ebenso problematischen Zwängen.

Sein Großwerk sind die *Jahrestage* (1970–1983) mit dem Untertitel *Aus dem Leben von Gesine Cresspahl*, ein vierbändiges Werk, das die gesamte Zeit der Vorkriegs-, Kriegs- und der Nachkriegszeit und Aufenthalte in Amerika beschreibt. Inhaltlich knüpft das Werk an *Mutmaßungen über Jakob* an und erzählt die Lebensgeschichte von Gesine Cresspahl, die 1953 aus der DDR erst in den Westen und später nach New York emigriert und dort mit ihrer Tochter Marie lebt, deren Vater der verstorbene Jakob Abs ist. Es ist eine Art Erinnerungsprojekt, das die Verstrickung der persönlichen Familiengeschichte in die Ereignisse der Zeit zum Thema hat. Zahlreiche Figuren sowie die komplexe Form und Sprache (teilweise Plattdeutsch) machen das Werk nicht leicht zugänglich, und dennoch ist es ein Klassiker der deutschen Nachkriegsliteratur.

Uwe Johnson ist ein eher schwieriger Autor. Als Mitglied der Gruppe 47 setzte er sich intensiv mit den politischen Spannungen seiner Zeit auseinander. Johnsons eigenwillige Sprache ist auf der einen Seite bilderreich, auf der anderen sehr analytisch und komplex und setzt sehr geduldige Leser:innen voraus. Für Johnson ist es allerdings der einzige Weg, die deutschen Verhältnisse dieser Zeit zu verschriftlichen.

Der herzkranke Johnson starb vergleichsweise früh, mit 49 Jahren. Ihn mit anderen Literaten zu vergleichen fällt schwer, denn er hat ein großes Werk hinterlassen, wie es nur wenige Autoren der Nachkriegszeit geschafft haben. In diesem Zusammenhang sind Peter Weiss und Günter Grass zu nennen – Autoren, die sich mit der Weitläufigkeit eines Lebens befasst haben, wie es früher literarische Tradition war. Man kennt es von Thomas Manns *Buddenbrooks* und auch von Theodor Fontanes Gesellschaftsromanen, um einen Klassiker des 19. Jahrhunderts zu nennen. Vergleichbare Großwerke sind auch Gottfried Kellers *Der grüne Heinrich* (1855) oder, noch früher, *Wilhelm Meisters Lehr- und Wanderjahre* (1795–1829) von Johann Wolfgang von Goethe.

»Marcel Reich-Ranicki hat einmal über Uwe Johnson gesagt, er könnte keinen zusammenhängenden Satz schreiben. Das ist natürlich völliger Blödsinn. Natürlich kann er das.«

Ilse Aichinger

»Es begann mit Ilse Aichinger.« Diesen Ausspruch prägte Hans Weigel und verfasste einen gleichnamigen Essay, in dem er sie als die Begründerin der österreichischen Nachkriegsliteratur herausstellte. Weigel war seit Mitte des vorigen Jahrhunderts eine Schlüsselfigur der österreichischen Literaturkritik, ähnlich der Rolle, die Marcel Reich-Ranicki in Westdeutschland innehatte.

Ilse Aichinger (1921–2016) ist eine der ersten Autorinnen überhaupt, die den Holocaust und das Thema der Judenverfolgung literarisch verarbeitet haben. Bereits 1945 verfasste sie eine kurze Erzählung für den Wiener *Kurier*, *Das vierte Tor* – gemeint ist damit der vierte Eingang zum Zentralfriedhof in Wien. Dort sind jüdische Gräber von Menschen, die entweder zum Katholizismus oder zum Protestantismus konvertiert waren, also ihrem jüdischen Glauben abgeschworen hatten. Ihre gesellschaftliche Stellung war ambivalent: Sie galten weder als vollständig arisch noch als vollständig jüdisch und bekamen einen eigenen Platz auf dem Zentralfriedhof zugeteilt.

Direkt nachdem diese Geschichte erschienen war, begann sie mit den Vorarbeiten zu ihrem einzigen Roman *Die größere Hoffnung*. Streng genommen handelt es sich gar nicht um einen Roman. Es ist eine Episodenfolge, die aus Träumen, Mythen und realen Bezügen besteht. Der Geschichte liegt die ständige Bedrohung durch die Gestapo zugrunde, deren Gefahr allgegenwärtig ist.

Ilse Aichinger ist, genauso wie ihre Leitfigur Ellen, Halbjüdin. Ellen lebt bei ihrer jüdischen Großmutter, die sich vor der Deportation fürchtet, und beschreibt den Alltag mit anderen Kindern in der Stadt, der von Angst und Hoffnung geprägt ist. Die daraus resultierende Identitätskrise wird durch den Umstand herausgestellt, dass man »falsche« Großeltern hat. Ähnlich wie diese Formulierung bleibt bei der Handlung vieles im Ungefähren, wird nicht klar benannt.

Die verschiedenen Episoden verdichten sich zu einem erschreckenden Bild der Zustände der Zeit, in die Aichinger auch ihre eigene Lebensgeschichte mit einfließen lässt. Dazu kommt die Nüchternheit, die sie mit kurzen, präzisen Sätzen erzeugt. Ilse Aichinger ist dafür bekannt, dass sie Sprache performativ eingesetzt hat. Es gibt keine hingeworfenen Geschichten oder halb durchdachten Erzählstränge. Das Werk ist nicht gerade leicht lesbar oder gut zugänglich. Man muss sich darauf einlassen und kann es nicht im gewohnt traditionellen Sinne als episches Werk lesen. Es ist eine sehr komplexe Geschichte.

Die größere Hoffnung erschien 1948 im Bermann-

Fischer/Querido Verlag in Amsterdam, einem Exilverlag, in dem Gottfried Bermann Fischer hauptsächlich Autoren verlegte, die zuvor bei S. Fischer veröffentlicht hatten, aber im Dritten Reich verboten waren. Bekannt ist in diesem Zusammenhang noch ein anderer wichtiger Exilverlag in Amsterdam: Allert de Lange. Dieser arbeitete sehr eng mit dem damaligen Kiepenheuer Verlag zusammen. Der alte Kiepenheuer, der im Exil weiterarbeitete, gab viele Autoren, die er in Deutschland nicht mehr verlegen konnte, in Zusammenarbeit mit Allert de Lange heraus. Auf diese Weise ist uns eine große Zahl der Literatur, die in Deutschland nicht verlegt werden durfte, erhalten geblieben. Neben Ilse Aichinger gibt es viele berühmte Namen, die in diesen Exilverlagen publiziert wurden – wie zum Beispiel Joseph Roth, aber auch Thomas und Klaus Mann.

Für eine Neuauflage im Jahr 1960 hat Ilse Aichinger das Buch *Die größere Hoffnung* überarbeitet und es noch lakonischer gestaltet. Sie nahm Kürzungen vor und reduzierte die Sprache, um ihre Aussage noch stärker herauszustellen. Alle neuen Ausgaben basieren auf dieser gekürzten Fassung.

1996 hat ihr eine Schülergruppe in einem kleinen süddeutschen Städtchen einen Preis zuerkannt, weil niemand ihnen diese furchtbare Zeit der Verfolgung so intensiv und prägnant nahebringen konnte wie sie. Dort hielt sie eine Rede an die Jugend, die in der S. Fischer-Taschenbuchausgabe mit abgedruckt ist.

»Man kann nicht in der Schule sagen: Dann lest das mal! Man muss zu diesem Buch eine Menge an Vorbereitung treffen und muss das wirklich intensiv vermitteln können. Und da habe ich große Befürchtungen, ob das gewährleistet werden kann.«

1957 erhielt Ilse Aichinger für ihre Kurzgeschichte *Spiegelgeschichte* (1949) den Preis der Gruppe 47. In dieser Erzählung beschreibt sie die Ereignisse rund um eine Abtreibung im Leben einer Frau.

Ilse Aichinger ist später nicht mehr dazu gekommen, einen weiteren Roman zu schreiben. Ich glaube auch, dass sie es gar nicht wollte. Dieses breite, epische Ausschmücken, was dazugehört, wenn man einen Roman schreiben will, war nicht in ihrem Sinne. Sie hat sehr viele Kurzgeschichten geschrieben, die autobiographische Bezüge und den gleichen geschichtlichen Hintergrund hatten. Das war aus ihr nicht mehr herauszubekommen. Das gilt auch für ihren Lyrikband *Verschenkter Rat* (1978) – ein Sammelband von Gedichten aus den letzten 25 Jahren. Diese eine Ausgabe machte sie gleichzeitig zu einer der bedeutendsten Lyrikerinnen ihrer Zeit.

Leseliste Ilse Aichinger

Die größere Hoffnung (1948)
Rede unter dem Galgen (1952)
Wo ich wohne (1963)
Nachricht vom Tag (1970)
Meine Sprache und ich (1978)
Verschenkter Rat (1978)

H. C. Artmann

Hans Carl Artmann (1921–2000) hatte eine gewisse Außenseiterposition in der österreichischen Literatur. Er schrieb mit großer Leichtigkeit, mit sehr viel Phantasie, und dabei sehr unterschiedliche Dinge. Lyrik vor allen Dingen, aber eben auch Romane und teilweise auch sehr abstruse Geschichten. Und er hat auch so eine Lebensart an sich, dass man denkt: »Ja, das ist genau Artmann.« Man muss ihn wirklich von all diesen hochkarätigen Schriftstellern und Schriftstellerinnen in Österreich, von denen es ungeheuer viele gibt, unterscheiden.

Seine ersten Publikationen sind bereits in den fünfziger Jahren erschienen. Eine der ersten war ein Gedichtband im österreichischen Dialekt, *Med ana schwoazzn Dintn* (1958), der ihn als Lyriker auf einen Schlag bekannt machte. Es folgten weitere Gedichtbände und auch sehr skurrile Erzählungen, Prosa und Theaterstücke, die sehr phantasievoll sind. Seine Sprache, die aus Dialekten und fremden Sprachen, gepaart mit eigenen Erfahrungen und kunstvollen Lautgebilden bestand, machte seinen Stil einzigartig.

Die frühen Gedichtbände haben alle sehr kleine Auflagen, sind heute rare Objekte, die Erstausgaben davon kaum zu bekommen. Außer von Leuten wie Horst Nibbe, der den kompletten Artmann im Regal stehen hatte, mit sämtlichen kleinen und kleinsten Ausgaben, und alle signiert. Horst Nibbe war mit H.C. Artmann gut befreundet. Einmal wurde Artmann eingeladen, um in der Kölner Stadtbücherei zu lesen und am nächsten Tag in Brühl. Er kam ins Antiquariat von Horst Nibbe, ich war zufällig auch da, und sagte zu ihm: »Ich habe unheimlichen Durst. Mach doch deinen Laden zu.« Dann sind wir drei zusammen durch die Gemeinde gezogen. Das hatte wenig mit Literatur zu tun.

Wir waren gerade in einer Kneipe, da ging Rudolf Zwirner draußen vorbei und gesellte sich zu uns. Dann haben wir da zwei Stunden zusammengesessen und gebechert. Und das ging immer so weiter. Am nächsten Morgen ging die Sauferei wieder los. Und am Abend sollte er in der Kölner Stadtbibliothek lesen. Das klappte auch gerade noch so eben. Er war zwar schon ziemlich angeschlagen, aber er hat es souverän hinbekommen. Er war ein Weltmann, der so manche Dinge einfach übergehen konnte, und wir tranken weiter, und am nächsten Morgen wurden wieder die ersten Flaschen Wein aufgemacht.

Dann sollte er abends in Brühl lesen. Wir sind da auch hin, aber er war so betrunken, es ging einfach nicht mehr. Alle waren natürlich stinksauer, aber dann haben sie jemanden gefunden, der für ihn gelesen hat. Am nächsten Tag haben wir wieder die Nacht durchgemacht. Wir haben damals manchmal tagelang überhaupt nicht richtig geschlafen. Wir haben einfach durchgemacht, und es war ein wüstes Leben. Wirklich wüst. Ich habe damals noch ordentlich verdient und Horst auch, also konnten wir uns das leisten. Das war im Grunde ein Wahnsinnserlebnis, weil Artmann ein unheimlich interessanter Typ war, so richtig forsch, aber auch witzig und originell.

H. C. Artmann war dreimal verheiratet und hat mehrere, auch uneheliche, Kinder. Er hat ein wildes Schriftstellerleben geführt und wirklich nichts anbrennen lassen.

»Er war allen Freuden dieses Lebens zugetan, so ein Mensch, wie sie mir wirklich sympathisch sind.«

Es gibt einen Erzählband, der heißt *How much, schatzi?* (1971). Er ist sehr einfach, sehr amüsant und lässt sich gut zum Einstieg in Artmanns Werk lesen. Artmann hatte eine ähnliche Gabe wie Thomas Mann, erotische Szenen genau zu beschreiben, ohne ins Detail zu gehen. Wenn man sie gelesen hat, hat man im Grunde alles im Kopf, weil es so kongenial geschrieben ist. Artmann konnte das auch.

»Das war jemand, der sich eine Nabelschau erlauben durfte. Und der war wirklich im positiven Sinne ein Österreicher.«

Friedrich Dürrenmatt

Friedrich Dürrenmatt (1921–1990) zählt zu den bedeutendsten Schweizer Schriftstellern und Dramatikern des 20. Jahrhunderts. In seinen Werken kritisiert er oft parabelhaft die Gesellschaft und verbindet auf meisterhafte Weise Tragik und Komik miteinander. Die plötzlichen Wendungen in seinen Geschichten führen dem Lesenden immer wieder die Unvorhersehbarkeit und Sinnlosigkeit der Welt vor Augen.

Seine bekannten Romane wie *Der Richter und sein Henker* (1952) oder *Justiz* (1985) haben zwar einen kriminologischen Einschlag, sind aber streng genommen keine klassischen Kriminalromane. Vielmehr beschreiben sie das soziologische Umfeld eines Verbrechens und sind dabei hochspannend und fesselnd. Die Kriminalhandlungen dienen oft als Rahmen für tiefere moralische Fragen. Bei *Der Richter und sein Henker* geht es zum Beispiel um einen alternden Kommissar, der ein komplexes Rache- und Gerechtigkeitsspiel inszeniert, um einen langjährigen Gegner zu überführen.

Seine wichtigsten literarischen Arbeiten sind jedoch zweifellos seine Dramen, die ihm internationalen Ruhm brachten. Darunter sind sowohl Komödien als auch Satiren, wie *Der Besuch der alten Dame* (1956): Eine reiche

Frau kehrt in ihre Heimatstadt zurück und bietet eine Milliarde für den Mord an einem Mann, der sie einst betrogen hat – woraufhin die Moral der Bürger auf eine harte Probe gestellt wird. Sie wird gleichermaßen gefürchtet wie bewundert – eine äußerst spannende Geschichte.

Auch *Die Physiker* (1962) zählt zu seinen bekanntesten und meistgespielten Stücken – ebenfalls eine Satire. Drei alternde Physiker sitzen in einer psychiatrischen Anstalt und geben sich als wahnsinnig aus, um die Menschheit vor gefährlichem Wissen zu schützen, doch letztlich sind sie nur Spielbälle einer skrupellosen Macht. Das Werk entstand vor dem realen politischen Hintergrund des Kalten Krieges.

Ein Buch fällt bei ihm aus dem Rahmen: *Grieche sucht Griechin* (1955) – eine leichte, ironische Satire, gut lesbar und äußerst amüsant. Das ist eigentlich nicht der Dürrenmatt, den wir kennen. Ein unscheinbarer Grieche gibt eine Heiratsanzeige auf und lernt die geheimnisvolle Chloé kennen, die ihn plötzlich in eine surreale Welt aus Macht und Reichtum katapultiert – doch auch sie hat ihre Geheimnisse, die es noch zu lüften gilt.

Elfriede Jelinek

Elfriede Jelinek (* 1946) ist eine der bedeutendsten zeitgenössischen Schriftstellerinnen. Und das hat nichts damit zu tun, dass sie 2004 den Nobelpreis für Literatur bekam. Den haben auch viele Autoren und Autorinnen bekommen, ohne ihn wirklich verdient zu haben.

Jelinek habe ich schon ganz früh, Ende der sechziger Jahre, entdeckt. Damals hatte sie einen Gedichtband herausgebracht, der jedoch nicht gut war. Sie konnte eigentlich keine Gedichte schreiben, aber das wusste sie wohl damals noch nicht. Und dann kam ein Buch nach dem anderen, ich habe sie alle gelesen.

Ihr wichtigstes Buch, das meiner Meinung nach oft aufgrund seiner Härte übergangen wird, heißt *Die Kinder der Toten* (1995). Das wahrscheinlich bedeutendste Werk von ihr, obwohl es gleichzeitig auch eines der schwierigsten und unzugänglichsten ist. Die Toten sind jene, die ins Dritte Reich verstrickt waren, und letztlich zeigt der Roman eine tiefgehende Gesellschaftskritik: dass die Menschen nichts gelernt haben, dass die jüngere Generation – wenn auch in anderer Form – in ihren Verhaltensweisen ähnlich unerträglich ist. Erfreulich ist das alles nicht, und ich würde es auch nicht als leichte Sommerlektüre empfehlen. Keiner muss sich das unbedingt antun.

»Sie ist, um es mit einem Wort zu sagen, unerbittlich.«

Jelinek hat in ihren Werken vor allem die Abhängigkeit der mittelständischen Frauen in ihrem Verhältnis zu Männern aufgezeigt. Diese absolute Schieflage kann man aus der heutigen Sicht vielleicht nicht mehr nachvollziehen, diese Werke sind schließlich vor 40 bis 50 Jahren geschrieben worden, zum Beispiel der experimentelle Roman *wir sind lockvögel baby!* aus dem Jahr 1970 oder *Die Liebhaberinnen* (1975). In vielen ihrer Werke entlarvt sie die patriarchalen Stereotype und Machtstrukturen auf unverblümte und unbarmherzige Art.

Eins ihrer zugänglichsten Bücher heißt *Die Klavierspielerin* (1983) und wurde übrigens in der gleichnamigen Verfilmung kongenial durch die französische Schauspielerin Isabelle Huppert dargestellt. Der Roman erzählt die Geschichte von Erika Kohut, einer scheinbar disziplinierten Klavierprofessorin am Wiener Konservatorium, die unter der Kontrolle ihrer dominanten Mutter leidet und den Bezug zu sich selbst verloren hat. Jelinek selbst absolvierte ein Musikstudium am Wiener Konservatorium und gab zu, dass der Roman autobiographische Züge hat. Der Roman thematisiert sexuelle Unterdrückung, psychische Abhängigkeit und Gewalt innerhalb einer autoritären Mutter-Tochter-Beziehung.

Bekannt geworden ist Jelinek unter anderem auch durch ihre Theaterstücke, die sich immer mit aktuellsten Themen beschäftigten, zum Beispiel das Stück *Burgtheater* (1985) – eine Abrechnung mit dem österreichischen Kulturbetrieb und seiner Verdrängung der NS-Vergangenheit.

Eins ihrer Bücher heißt *Lust* (1989). Wenn ich auf den Flohmärkten stand und dieses Buch mithatte, kamen meist ältere Herren und blätterten darin. Und wenn sie dann entdeckten, worum es sich handelt, verzogen sie das Gesicht. Im Grunde erwarteten sie irgendetwas Erotisches, aber der Roman ist genau das Gegenteil davon – dabei konnte einem die Lust eher vergehen. Und das hat mich immer ziemlich amüsiert.

Mit ihrem Mann ist Jelinek übrigens seit über 40 Jahren verheiratet, aber von dieser Konstellation kriegt man überhaupt nichts mit, das hält sie völlig unter dem Deckel. Die beiden leben auch nicht zusammen: Der Mann lebt in München und sie in Wien. Man denkt, dass diese Frau gar nicht verheiratet sein kann, das geht gar nicht, aber das ist sie doch.

Über Elfriede Jelinek wurden jede Menge Fehlurteile getroffen, zum Beispiel von Marcel Reich-Ranicki. Er behauptete, Jelinek könnte keine Bücher schreiben. Sie wäre zwar eine nette Frau, aber Bücher könne sie nicht schreiben. Eine Frechheit ersten Ranges. Dafür hätte man ihm stundenlang in den Hintern treten müssen. Das darf sich ein Kritiker nicht erlauben, vor allen Dingen, weil er so viel Macht hatte.

Elfriede Jelinek ist schwer zu verdauen, um es einfach zu formulieren. Sie ist eine extrem kritische Frau und gehört zweifellos zu den wichtigsten literarischen Erscheinungen der feministischen Avantgarde Österreichs. Ich hätte sie gern persönlich kennengelernt, aber dazu ist es nie gekommen. Sie war zwar kurz einmal hier in Köln anlässlich einer Theaterinszenierung. Aber da ich kein besonderes Verhältnis zum Theater habe, habe ich das nicht mitbekommen. Das wäre vielleicht eine Möglichkeit gewesen, sie zu treffen, aber so richtig getraut hätte ich mich wahrscheinlich nicht, genauso wie bei Ezra Pound.

»Sie ist meine Lieblingsschriftstellerin, weil sie einfach gut ist. Für viele ist sie allerdings ganz schwer lesbar.«

Wichtige deutschsprachige Schriftsteller (20. Jahrhundert)

Gerhart Hauptmann (1862–1946)
Heinrich Mann (1871–1950)
Thomas Mann (1875–1955)
Hermann Hesse (1877–1962)
Alfred Döblin (1878–1957)
Robert Walser (1878–1956)
Robert Musil (1880–1942)
Stefan Zweig (1881–1942)
Franz Kafka (1883–1924)
Hermann Broch (1886–1951)
Arnold Zweig (1887–1968)
Franz Werfel (1890–1945)
Hans Fallada (1893–1947)
Ernst Toller (1893–1939)
Hans Henny Jahnn (1894–1959)
Joseph Roth (1894–1939)
Ernst Jünger (1895–1998)
Heimito von Doderer (1896–1966)
Hermann Kasack (1896–1966)
Carl Zuckmayer (1896–1977)
Bertolt Brecht (1898–1956)
Erich Maria Remarque (1898–1970)
Erich Kästner (1899–1974)
Hans Erich Nossack (1901–1977)
Günther Weisenborn (1902–1969)
Ernst Kreuder (1903–1972)
Elias Canetti (1905–1994)
Wolfgang Koeppen (1906–1996)
Günter Eich (1907–1972)
Max Frisch (1911–1991)
Alfred Andersch (1914–1980)
Arno Schmidt (1914–1979)
Wolfgang Hildesheimer (1916–1991)
Peter Weiss (1916–1982)
Heinrich Böll (1917–1985)
Johannes Bobrowski (1917–1965)
H. C. Artmann (1921–2000)
Wolfgang Borchert (1921–1947)

Friedrich Dürrenmatt (1921–1990)
Franz Fühmann (1922–1984)
Walter Jens (1923–2013)
Wolfgang Harich (1923–1995)
Ernst Jandl (1926–2000)
Siegfried Lenz (1926–2014)
Erich Loest (1926–2013)
Edgar Hilsenrath (1926–2018)
Günter Grass (1927–2015)
Martin Walser (1927–2023)
Peter Hacks (1928–2003)
Hans Magnus Enzensberger (1929–2022)
Heiner Müller (1929–1995)
Horst Bienek (1930–1990)
Thomas Bernhard (1931–1989)
Gert Hofmann (1931–1993)
Jürgen Becker (1932–2024)
Alexander Kluge (*1932)
Peter Härtling (1933–2017)
Reiner Kunze (*1933)
Uwe Johnson (1934–1984)
Adolf Muschg (*1934)
Hubert Fichte (1935–1986)
Fritz Rudolf Fries (1935–2014)
Jurek Becker (1937–1997)
Nicolas Born (1937–1979)
Volker Braun (*1939)
Rolf Dieter Brinkmann (1940–1975)
Wolfgang Hilbig (1941–2007)
Hermann Burger (1942–1989)
Peter Handke (*1942)
Gerhard Roth (1942–2022)
Christoph Hein (*1944)
Botho Strauß (*1944)
Peter Rosei (*1946)
Hanns-Josef Ortheil (*1951)
Ralf Rothmann (*1953)
Christoph Ransmayr (*1954)

Wichtige deutschsprachige Schriftstellerinnen

Rahel Varnhagen (1771–1833)
Bettina von Arnim (1785–1859)
Annette von Droste-Hülshoff (1797–1848)
Marie von Ebner-Eschenbach (1830–1916)
Ricarda Huch (1864–1947)
Else Lasker-Schüler (1869–1945)
Annette Kolb (1870–1967)
Franziska zu Reventlow (1871–1918)
Gertrud von le Fort (1876–1971)
Elisabeth Langgässer (1899–1950)
Anna Seghers (1900–1983)
Marieluise Fleißer (1901–1974)
Marie Luise Kaschnitz (1901–1974)
Irmgard Keun (1905–1982)
Luise Rinser (1911–2002)
Hilde Spiel (1911–1990)
Ilse Aichinger (1921–2016)
Ingeborg Drewitz (1923–1986)
Friederike Mayröcker (1924–2021)
Inge Müller (1925–1966)
Ingeborg Bachmann (1926–1973)
Christa Wolf (1929–2011)
Gabriele Wohmann (1932–2015)
Sarah Kirsch (1935–2013)
Renate Rasp (1935–2015)
Gisela Elsner (1937–1992)
Barbara Frischmuth (*1941)
Monika Maron (*1941)
Elfriede Jelinek (*1946)
Herta Müller (*1953)

Meine Zeit in Berlin

Begegnung mit Arno Spitz

Arno Spitz (1920–2014) war eine vielschichtige und illustre Figur. Er gründete 1962 den Berlin Verlag Arno Spitz als Wissenschaftsverlag – zu der Zeit, als ich Erster Sortimenter bei Witsch war. Spitz war dafür verantwortlich, dass meine berufliche Laufbahn eine Wendung nahm.

Arno Spitz stammte aus einer jüdischen Familie, die bereits 1933 in die Schweiz emigrierte. Dort studierte er in Genf Völkerrecht. Von seiner Familie mit einem Startkapital von 40 000 Dollar ausgestattet (was damals eine gigantische Summe war), folgte er seinem Vater 1948 nach Amerika. Dort kaufte er sich in eine Baufirma ein, die das Patent auf Hohlblocksteine besaß. Das sind Steine, die innen einen Hohlraum haben und dadurch leichter als herkömmliche Steine sind, aber genauso stabil. Die Firma benötigte Kapital, und nach einigen Jahren stieg Arno Spitz mit zehn Millionen Dollar wieder aus. Damit kaufte er das Sumpfgelände, wo heute Miami Beach draufsteht, und zwar nicht nur ein paar Meterchen, sondern ein paar Quadratkilometer. Er erwarb auch Land im Norden von Los Angeles. Insgesamt hat er ganze 40 Quadratkilometer Land gekauft für dieses Geld. Und das hat er noch mal gigantisch vermehrt.

Aber er war kein Geschäftsmann in dem Sinne, sondern ein Mann mit außergewöhnlicher Begabung. Als in Berlin die Mauer gebaut wurde, kehrte Spitz nach Deutschland zurück, kaufte in Dahlem eine große Villa und gründete 1962 den Berlin Verlag Arno Spitz.

Als er zu Witsch kam, war ich schon Erster Sortimenter, und er sagte: »Ich brauche jemanden in Berlin. Wollen Sie nicht zu mir kommen?« Da habe ich gesagt: »Nein, ich bin Buchhändler, kein Verlagsmensch.« Irgendwann habe ich mich aber mit der Buchhandlung überworfen und fragte ihn: »Wollen Sie mich noch haben?« »Ja, natürlich«, sagte Arno Spitz. Und dann ging alles rasend schnell. Er sagte: »Kommen Sie morgen nach Berlin.« Ich kam, und beim Mittagessen haben wir die Vertragsdetails besprochen. Seine Sekretärin hatte schon alles vorbereitet, ich musste nur unterschreiben. Dann bin ich nach Leverkusen zurückgeflogen, habe meinen Haushalt aufgelöst und bin nach Berlin. Das war Ende der sechziger Jahre.

Als ich in Berlin ankam, war Arno Spitz gerade in Amerika und nicht erreichbar. Damals gab es noch kein Handy, und ich stand ziemlich blöd da. Ich sollte den Verlag leiten und hatte nicht die geringste Ahnung. Zum Glück war da seine Sekretärin, die auch eine Art Assistentin war. Sie hat mir alles gezeigt. Unter anderem, wie ein Verlag überhaupt funktioniert. Und so habe ich mich dann da eingearbeitet. Das waren immer lange Arbeitstage, zehn, zwolf, vierzehn Stunden. Im Verlag waren wir nicht viele Leute, neun oder zehn insgesamt. Um zwölf Uhr mittags wurde jeden Tag gemeinsam gegessen, auf Sterneniveau und auf feinstem chinesischen Porzellan. Es ist zum Glück nie etwas kaputtgegangen.

Arno Spitz war ein außergewöhnlicher Mensch, und seine berufliche Laufbahn spiegelt das eindrucksvoll wider. Aber auch privat überraschte er immer wieder. Zum Beispiel hatte er eine sibirische Bergziege, mit ihr ist er immer herumgelaufen, auch durch die Stadt. Irgendwann hat er sie in einem kleinen Zoo abgegeben, und da musste ich immer mit seinen Kindern hin. »Ziege angucken mit Onkel Klaus.« Und dann sind wir losgezogen und haben uns Ziegen angeguckt.

Spitz war stets elegant gekleidet, er trug immer einen Seidenanzug. Und er ist mit nur einem Köfferchen herumgereist. Andere, die haben Gepäck in der Gegend herumgeschleppt, aber das hatte er gar nicht nötig. Er hatte einmal Wäsche zum Wechseln dabei, ging dann in Hotels und ließ sie über Nacht reinigen.

Er war ein Multitalent, sprach mehrere Sprachen fließend und hat sich auch politisch engagiert. Es gibt sogar ein Foto, auf dem er direkt neben Breschnew steht. Auch Russisch beherrschte er fließend.

Eigentlich hatte ich nie etwas mit Politik zu tun, mir ging es immer nur um gute Bücher. Trotzdem konnte ich mich Ende der sechziger Jahre während meiner Zeit in Berlin mit der linken Bewegung zum großen Teil identifizieren. Ich kam damals viel herum und lernte viele außergewöhnliche Menschen kennen.

Lars Brandt, Willy Brandts Sohn, traf ich zum ersten Mal bei der Oberbaumpresse, die mein ehemaliger Witsch-Mitstreiter und Freund Hartmut Sander begründet hat. Da traf sich die ganze linke Elite Berlins. Ulrike Meinhof, Rudi Dutschke, einfach alle. In der Oberbaumpresse wurden Plakate und Flyer von linken Gruppen gedruckt. Die bezahlten kein Geld, weil sie keins hatten. Sie waren der Meinung, solche Dinge müssten umsonst sein, und fragten sich auch nicht, wie wir das finanzierten. Ich habe Texte auf Platten fotografiert, sie gereinigt, Druckmaschinen bedient – es gibt nichts, was ich dort nicht gemacht habe.

Lars Brandt (*1951) war damals für jeden Unfug zu haben. Dass wir über den Kurfürstendamm gefahren sind und linke Plakate einfach auf die Fenster geklebt haben, war natürlich kriminell. Wir fuhren in einem Lieferwagen vor, hatten einen Tisch und Plakate dabei sowie einen Topf mit Leim. Einer öffnete dann die Autotür und schaute, ob nicht zufällig Polizei herumlief. Dann flitzten wir los und haben die Plakate einfach auf irgendwelche Luxusläden draufgeknallt und den ganzen Kurfürstendamm vollgekleistert. An solchen Abenden war ich immer im Räuberlook: einfaches T-Shirt, eine olle Hose, Pulli, Turnschuhe. Wir wollten vor allem protestieren. Das war doch alles eine unglaubliche Scheiße Ende der sechziger Jahre, als die politischen Spannungen in Deutschland hochkochten. Man kann sich nicht vorstellen, wie das damals war – der Vietnamkrieg, die Studentenproteste und die Forderung nach mehr Demokratie führten zu massiven Auseinandersetzungen mit der Polizei, die oft brutal vorging. Die Polizei bildete einen Kordon, und wenn man denen zu nah kam, hatte man einen Tritt im Bauch. Manchmal kamen sie sogar mit Wasserwerfern an. So etwas wäre heute undenkbar, aber damals war das so.

Willy Brandt (1913–1992) hielt sich zu der Zeit aus innerpolitischen Debatten weitestgehend raus. Er war damals Außenminister (1966–1969) und konnte zu bestimmten Fragen nicht öffentlich Stellung beziehen. Aber allein die Tatsache, dass er ohne Wenn und Aber geduldet hat, was Lars machte, sagt schon alles. Er hatte in dieser Zeit natürlich andere Sorgen, zum Beispiel die Ost-West-Beziehungen in Ordnung zu bringen. Es wäre natürlich toll, wenn wir heute jemanden wie ihn hätten. Adenauer war auf seine Art auch ein wichtiger Politiker, auch wenn mir seine Richtung nicht gefiel. Helmut Schmidt war auch ein würdiger Nachfolger von Willy Brandt. Aber die wirklich zentrale Figur, der große politische Kopf, das war Willy Brandt. Da gibt es gar nichts zu deuteln.

Er war jemand, der sich auch ernsthaft für Kultur interessierte. Es gibt ein Foto von einer Wahlveranstaltung von Willy Brandt, auf dem er mit dem Komponisten

Hans Werner Henze, Ingeborg Bachmann und anderen prominenten Persönlichkeiten abgelichtet ist. Bei ihm gehörte Kultur einfach dazu, er kannte die Kulturschaffenden persönlich, und sie haben ihn natürlich auch gewählt. Unter Deutschlands Elite gab es damals kaum jemanden, der nicht für Willy Brandt war.

Privat lernte ich ihn zum einen durch Lars kennen, aber auch durch meine Arbeit im Verlag. Wir brachten einige Bände von ihm heraus. Ich bin in seinem Haus ein und aus gegangen und habe mit Willy Brandt, Rut, Lars und auch Peter, dem ältesten Sohn, am Tisch gesessen und zu Mittag gegessen. Willy Brandt hatte natürlich kaum Zeit und kam nur sporadisch mit dem Dienstwagen vorbei, meist nur für eine halbe Stunde.

Willy Brandt war mit Arno Spitz, meinem Chef, befreundet. Sie waren Duzfreunde und tranken bei ihren Treffen oft den teuersten Cognac, den man sich vorstellen kann. Arno Spitz war steinreich und besaß Cognac, von dem Normalsterbliche nur träumen können. Ich habe oft davon profitiert. Auch Willy Brandt war diesen Freuden des Lebens zugeneigt. Zudem war er noch ein richtiger Womanizer. Nicht nur, weil er gut aussah, sondern auch wegen seiner enormen Präsenz. Wenn er einen Raum betrat, war er sofort der Mittelpunkt. Er brauchte nichts zu sagen. Das war einfach so. Das war er.

ANGLOAMERIKANISCHE LITERATUR

Ezra Pound

Mit etwa 13 Jahren fiel mir Ezra Pound (1885–1972) als Schullektüre in die Hände. Es war das Theaterstück *Die Frauen von Trachis.* Er hatte das Stück von Sophokles *(Die Trachinierinnen)* ins amerikanische Englisch übertragen, und seine deutsche Übersetzerin Eva Hesse brachte es wiederum ins Deutsche. Die Sprachgewalt hat mich so fasziniert, dass ich neugierig wurde. Seitdem beschäftigte ich mich systematisch damit, mein Englisch über das Schulenglisch hinaus aufzupolieren, um Ezra Pound im Original lesen zu können, aber ich wusste zum damaligen Zeitpunkt gar nicht, wie ich an englische Bücher kommen sollte. Ich wollte alles von und über Pound lesen.

Ich erinnere mich noch daran, wie ich in die Buchhandlung Middelhauve, die in Opladen gleichzeitig einen wichtigen Verlag hatte, kam und fragte, ob sie etwas von Pound hätten. Der Buchhändler war ganz empört über meine Frage, was ich nicht verstand. Er sagte: »Das ist ein Hochverräter. Diesen Faschisten führen wir nicht.«

Diese Reaktion hat mich aufgewühlt, aber auch neugierig gemacht. Ich fing an, mich mehr mit ihm auseinanderzusetzen.

Ezra Pound war Amerikaner, kam aber mit seinen Landsleuten nicht gut zurecht und hat Amerika noch im jungen Alter verlassen. Mit knapp über 20 Jahren war er bereits Hochschullehrer. Zeit seines Lebens hat er Europa als Wohnort bevorzugt, hauptsächlich Italien. Zu Kriegsbeginn hat er über Rom Reden an die Amerikaner gerichtet: Sie sollten sich aus dem europäischen Krieg heraushalten. Das war auch im Interesse von Mussolini – und das hat man ihm als Hochverrat ausgelegt. Als später die Amerikaner in Italien einmarschierten, ist er in Pisa gefangen genommen worden und wurde in einem Käfig eingesperrt. Er hat da wirklich in einem Käfig gesessen wie ein Tier. Und dann hat man ihm 1945 in den USA einen Hochverratsprozess gemacht, ihn dann allerdings als geistig nicht zurechnungsfähig erklärt, sonst wäre er zum Tode verurteilt worden. Bis 1958 hat er in einer Nervenheilanstalt verbracht, diesmal aber unter annehmbaren Verhältnissen. Zum Beispiel konnte ihn seine Frau jeden Tag besuchen und hat meist strickend dabeigesessen, während er geschrieben hat. In den fünfziger Jahren setzten sich mehr als 100 prominente Persönlichkeiten, insbesondere aus der literarischen und künstlerischen Szene, für seine Entlassung ein. Darunter waren der Dichter und Dramatiker William Butler Yeats, Verleger James Laughlin, der Dichter T. S. Eliot, Schriftsteller Ernest Hemingway und die amerikanische Kunstsammlerin und Schriftstellerin Gertrude Stein. Sie alle forderten den amerikanischen Präsidenten auf, ihn zu begnadigen. Nach seiner Begnadigung ist er vom St. Elizabeths Hospital in Washington, D. C., wo er 13 Jahre eingesperrt gewesen war, direkt zum Flughafen gefahren und hat Amerika für immer verlassen. Er hat es nie verstanden, dass man ihn als Hochverräter verurteilt hat. Er fand es sogar unverschämt. Pound ist hochbetagt in Italien gestorben. Aber ich war gerade 13 oder 14 Jahre alt und wusste von alldem nichts, als ich den Buchhändler nach ihm fragte.

Für mich blieb er zeitlebens eine zentrale Figur. Sein Lebenswerk sind die *Cantos* (*The Cantos*, 1925–68), die er in jungen Jahren (1915) begonnen und immer weiter vervollständigt hat. Angelehnt an Dante Alighieris *Göttliche Komödie* sind die *Cantos* nicht nur poetische Erkundungen von Geschichte, Kultur und Politik seit der Antike, sondern auch eine Sammlung von Pounds persönlichen, literarischen und philosophischen Überzeugungen.

Insgesamt gibt es 117 *Cantos*. Die berühmten sind die sogenannten *Pisaner Gesänge*, die er im Käfig in Pisa geschrieben hat. Bei den *Cantos* gibt es gewisse Einteilungen in Lebensabschnitte, die man gut zuordnen kann, aber es ist eigentlich ein großes *work in progress* gewesen, an dem er sein ganzes Leben gearbeitet hat. Sie zählen bis heute zu den bedeutendsten Gedichtwerken, die jemals geschrieben worden sind. Durch ihre komplexe Struktur und Sprache sind sie der breiten Öffentlichkeit nicht so ohne weiteres zugänglich, Pound war sich dessen aber bewusst und schrieb sie für diejenigen, deren Neugier und Wissensdurst über das Durchschnittliche hinausreicht. Nach der kleinen Schullektüre nahm ich mir als Nächstes die frühen *Cantos* (1–20) vor. Diese besorgte ich mir allerdings bei einem anderen Buchhändler, der keine Vorurteile gegen Pound hegte.

Interessant ist auch, dass Pound sich zeitlebens mit dem Problem der Übersetzung beschäftigte. Er beherrschte viele Sprachen und arbeitete oft mit Interlinearübersetzungen und Kommentaren von Fachleuten. Er selbst sah sich in der Rolle eines freien Übersetzers, eines Nachdichters, der die poetische Essenz des Textes in eine lesbare Form überführte. So übersetzte er Teile von Dante Alighieris *Göttlicher Komödie* oder Homers *Odyssee* sowie Gedichte Li Bais – eines berühmten chinesischen Dichters. Seine Herangehensweise brachte ihm sowohl Kritik als auch Anerkennung.

Später hatte ich mit Eva Hesse, seiner deutschen Übersetzerin, engen Kontakt. Sie hat sich ständig seltene Bücher bei mir ausgeliehen. Sie sagte: »Na ja, gut, Pound ist halt schwierig.« Er hatte sich zeitweise in die Berge zurückgezogen und die letzten Jahre in Venedig verbracht. Ich hatte die ernsthafte Überlegung, ihn in Venedig zu besuchen, und fragte Eva, ob das denkbar wäre. Sie war seine einzige Bezugsperson aus Deutschland, die ständigen Kontakt mit ihm hatte und ihn auch traf. Sie meinte, das wäre sehr schwierig. Er würde es sicher nicht ablehnen, aber es könnte sein, dass es zu keinem Gespräch käme, weil er einfach nicht mehr reden wollte. Es war ihm nicht mehr wichtig. Er war ein schwieriger Fall. Ich nahm also Abstand von der Idee, weil ich ohnehin einen ziemlichen Bammel davor hatte.

»Ezra Pound hat literarisch einen Maßstab für mich gesetzt. Durch ihn ist mir klar geworden, was Literatur bedeutet. Dass gute Bücher Kunstwerke sind.«

Virginia Woolf

Virginia Woolf (1882–1941) war eine der berühmtesten britischen Schriftstellerinnen und eine zentrale Vertreterin der literarischen Moderne. Im Mittelpunkt ihres Werkes stehen Themen wie Identität und Geschlechterrollen, die sie zeitlebens beschäftigten. Ihre stark ausgeprägte Sensibilität stand ihr manchmal im Wege, war aber auch Teil ihrer Persönlichkeit.

Mrs. Dolloway (1925) ist eins ihrer früheren Werke und gleichzeitig eines der wichtigsten. Der Roman spielt an einem einzigen Tag im Juni 1923 in London und folgt der Hauptfigur Clarissa Dalloway, einer wohlhabenden, gesellschaftlich angesehenen Frau, die am Abend eine Party gibt. Es handelt von gesellschaftlichen Umständen um 1925 – eine vergleichbare Studie könnte man heute auch schreiben.

Literarisch experimentiert sie hier mit der Technik des Bewusstseinsstroms *(stream of consciousness)*, die ihre Themen durch innere Monologe und assoziative Gedanken intensiviert. Woolf war der Meinung, dass jeder die Realität auf eine eigene Art und Weise erlebt, und ordnete die äußere Handlung diesen Sinneseindrücken unter. Dieselbe Technik hat James Joyce auch bei *Ulysses* angewandt, auch Faulkner und Marcel Proust haben sich der Technik des Bewusstseinsstroms bedient.

Der Roman *Orlando* (1928) war seiner Zeit weit voraus und gilt als eine der frühesten feministischen und queeren Erzählungen. Es ist eine Liebeserklärung an Vita Sackville-West, mit der Woolf trotz ihrer Introvertiertheit Anfang der zwanziger Jahre eine heftige Liebesbeziehung hatte. Orlando ist eine Figur, die sich durch die Jahrhunderte bewegt und dabei ihr Geschlecht wechselt. Losgelöst von allen gesellschaftlichen Zuschreibungen kann die Figur ihre Kreativität entfalten. Es ist eine sehr unterhaltsame Geschichte, die aus dem üblichen Rahmen herausfällt, aber sehr gut lesbar ist und sich als Einstieg in die Literatur eignet.

Ein Zimmer für sich allein (1929) ist ein feministischer Essay über die Bedingungen, die Frauen für kreatives Schreiben benötigen. Virginia Woolf selbst stammt aus einer angesehenen intellektuellen Londoner Familie, die ihr den Zugang zu Bildung und Literatur ermöglichte, und gründete zusammen mit ihrem Mann einen Verlag.

Wichtig sind auch ihre Tagebücher und Briefe. Ihre depressiven Phasen und die Aussichtslosigkeit, die sie oft empfand, schürten neue Ängste, führten zu Schreibblockaden und schließlich 1941 in den Freitod. Sie ertränkte sich in einem Fluss in der Nähe von Brighton, ihre Leiche wurde erst nach drei Wochen gefunden. In ihrem letzten Brief an ihren Ehemann schrieb sie: »Liebster, ich spüre mit Sicherheit, dass ich wieder verrückt werde.«

»Virginia Woolf veraltet nicht, sie bleibt eine große Klassikerin. Sie wird auch in 100 Jahren noch bekannt sein. Sie gehört eben zu den Schriftstellerinnen, die ewige Bedeutung haben.«

Ernest Hemingway

Ähnlich wie H.C. Artmann führte auch Hemingway (1899–1961) ein wüstes Schriftstellerleben. Er begab sich nicht nur privat auf zahlreiche Abenteuer, sondern war Reporter und Kriegsberichterstatter von Beruf und verarbeitete diese Erfahrungen in seinen Romanen und Kurzgeschichten.

Fiesta (*The Sun Also Rises*, 1926) ist einer seiner früheren Romane und handelt von einem Stierkampf-Festival in Pamplona, das eine Gruppe junger Leute aus Paris in den zwanziger Jahren besucht. Dieser Roman gehört bereits zu seinen größeren Würfen, markiert den Beginn seines einzigartigen Schreibstils und hat die Weltliteratur nicht zuletzt durch die Verschmelzung von Abenteuer und existenziellen Themen nachhaltig beeinflusst.

Den Nobelpreis bringt ihm sein Meisterwerk *Der alte Mann und das Meer* (1952) ein. Es erzählt die Geschichte eines alten Fischers, der mit einem riesigen Marlin, dem größten Fang seines Lebens, kämpft. Ein symbolträchtiger Kampf zwischen Mensch und Natur, der für das Durchhaltevermögen und den Überlebenswillen des Menschen steht. Die Natur ist übrigens häufig Schauplatz seiner Geschichten.

Hemingway beherrscht einen sehr realistischen Stil, der sich in sehr kurzen, knappen Sätzen ausdrückt. Man kann beobachten, wie seine Schreibweise sich mit den Jahren verfestigt – immer minimalistischer und reduzierter wird. Vieles bleibt zwischen den Zeilen verborgen. Vor allem für seine Kurzgeschichten war dieser Stil bezeichnend, und er revolutionierte die gesamte Gattung, deren Meister er war. *Schnee auf dem Kilimandscharo* (1936), *Das Ende von Etwas* (1925) oder *Das kurze glückliche Leben des Francis Macomber* (1936) sind nur einige Beispiele dafür. Im Mittelpunkt stehen meist vielschichtige Charaktere mit ihren Fehlern und Schwächen – oft Jäger, Fischer oder Kriegsteilnehmer –, die sich auch auf Hemingway selbst übertragen lassen.

Die Erinnerungen an seine Jahre in Paris zwischen 1921 und 1926 versammelte er in dem Band *Paris – Ein Fest fürs Leben*, der im Jahr 1964 posthum erschien. In den hauptsächlich autobiographischen Erzählungen berichtet er von der Stadt, seinen Freunden wie Gertrude Stein, Ezra Pound und Scott Fitzgerald sowie den alltäglichen Herausforderungen.

»Ernest Hemingway schätze ich sehr. Vor allen Dingen seine Kurzgeschichten haben mich immer überzeugt.«

William Faulkner

Literarisch geprägt hat mich in meiner Buchhändlerlehre bei Witsch die amerikanische Literatur, weil sie so anders war als die deutsche. Sie war so realistisch, sie war zeitbezogen und in einem anderen Kulturkreis zu Hause, das hat mich beeindruckt. Alles, was zu dieser Zeit in Deutschland erschien, kam mir epigonenhaft vor. Ich war Anfang 20 und las nahezu alles von William Faulkner (1897–1962).

Er stammte aus Mississippi und hat sich Zeit seines Lebens mit der Kultur und dem Milieu der Südstaaten auseinandergesetzt. Trotz anfänglicher Schwierigkeiten, weil seine Bücher nicht anerkannt wurden, bekam er 1949 den Nobelpreis für seinen Beitrag zur amerikanischen Literatur. Seine Bücher entstanden in den zwanziger und dreißiger Jahren, als der Rassismus vor allem im Süden der amerikanischen Staaten noch sehr lebendig war. Faulkner hat sich auf eine sehr eigenwillige Art eine eigene Welt geschaffen, in der Weiße und Schwarze zusammenleben können. Eins seiner wichtigsten Werke ist *Schall und Wahn (The Sound and the Fury)*, das 1929 veröffentlicht wurde.

Thomas Pynchon

Auch Thomas Pynchon spielte für mich in der Zeit eine wichtige Rolle. Er gilt als einer der bedeutendsten Vertreter der Postmoderne.

Seine erste bekannte Veröffentlichung sind die Kurzgeschichten mit dem Titel *The Small Rain* (1959), in denen er die psychischen Auswirkungen des Krieges auf einen jungen Soldaten beschreibt. *V.* (1963) ist sein Debütroman über eine mysteriöse Figur namens »V« – Geschichte und Identität spielen auch hier eine große Rolle.

Sein zentrales Werk ist *Die Enden der Parabel (Gravity's Rainbow)*, das 1973 erschien, sein sogenanntes Opus magnum. Es ist ein Buch, das nicht sehr zugänglich ist. Der Roman thematisiert den Einfluss von Technik, insbesondere der militärischen Technologie, auf die menschliche Psyche und die Gesellschaft während und nach dem Zweiten Weltkrieg. Besonders der Einsatz von V2-Raketen durch die Nazis und der wissenschaftliche Fortschritt, der in den Dienst des Krieges gestellt wurde, sind zentrale Motive. Für den, der beim Lesen dranbleibt, ist die Lektüre ein großer Genuss. Elfriede Jelinek hat den Roman 1981 ins Deutsche übersetzt.

Thomas Pynchon war kein Mensch der Öffentlichkeit – ganz im Gegenteil. Er ist eigentlich immer nur durch seine Bücher präsent gewesen. Ihn selbst hat man kaum zu Gesicht bekommen. Er hat nie ein Interview gegeben, und es gab keine Fotos von ihm. Er ist 1937 in New York geboren, ist also inzwischen fast neunzig Jahre alt und lebt extrem zurückgezogen. Manche Leute haben auch gedacht, dass es ihn gar nicht gibt und dass jemand völlig anderes seine Bücher schreibt, aber dem ist nicht so.

Während meiner Buchhändlerlehre bei Witsch haben wir uns immer gegenseitig Bücher empfohlen; die Empfehlung zu James Joyce (1882–1941) kam von Hartmut Sander. Rolf Dieter Brinkmann, der Dritte in unserem Bunde, wollte gar nicht erst an diese Lektüre ran. James Joyces Bücher entsprechen nicht den normalen Lesegewohnheiten. Er hat eine ganz eigene Art von Literatur entwickelt.

Angeregt durch die Lektüre bin ich damals mit einem Jugendfreund nach Dublin gereist, er hatte mit Literatur zwar nichts am Hut, hat mich aber begleitet. Das muss 1964 gewesen sein. Wir waren 14 Tage in Dublin auf den Spuren von Joyce und 14 Tage im südlichen Teil des Landes auf Entdeckungstour.

Die Dubliner waren keine Riesenfans von Joyce, damals zumindest nicht. Wir waren in der Stadt unterwegs, weil wir nach bestimmten Orten aus *Ulysses* gesucht haben, die sich inzwischen total verändert hatten. Jemand sagte uns: »Wissen Sie, wir haben es nicht so mit Joyce.«

James Joyce war sehr kritisch. Er verließ Dublin und kehrte nie in seine Heimat zurück, das hat ihn nicht gerade beliebter gemacht. Man darf nicht vergessen, dass ein großer Teil der sogenannten englischen Literatur gar keine englische ist, sondern irische. Viele bedeutende Schriftsteller, die wir für Engländer halten, sind Iren, die irgendwann ihr Land verlassen haben. Doch mittlerweile hat sich sein Ruhm auch in Irland durchgesetzt, und jedes Jahr wird in Dublin der Bloomsday gefeiert – in Gedenken an den Protagonisten Leopold Bloom aus dem *Ulysses*.

Ulysses (1922) ist Joyces Opus magnum und markiert den Beginn der literarischen Moderne. Es ist ein Vorbild für die gesamte Avantgarde des 20. Jahrhunderts. Die Struktur ist von Homers *Odyssee* inspiriert und macht das Werk zu einer modernen epischen Reise. Eigentlich kann man *Ulysses* gar nicht ohne Kommentar lesen, weil es so viele Anspielungen darin gibt. Auf fremde Sprachen, alte Literatur, irische Geschichte und vieles mehr. Stilistisch experimentiert der Autor mit dem Bewusstseinsstrom *(stream of consciousness)* und anderen sprachlichen Innovationen. Kein Wunder, dass die meisten nicht über die ersten Seiten hinauskommen, aber gerade das ist ja so spannend. Entweder man bleibt dran, oder man lässt es. Natürlich kann man durch entsprechende Sekundärliteratur viel dazulernen, aber die ist meist dicker als der *Ulysses* selbst. Die ist eher für Menschen, die sich intensiv damit beschäftigen wollen.

Ulysses ist außerdem ein berühmtes Beispiel für die schwierige und umstrittene Kunst der Übersetzung. Es existieren zwei gleichwertige Übersetzungen von *Ulysses* – die von Georg Goyert (1927), die Joyce zu Lebzeiten autorisiert hat, sowie die von Hans Wollschläger aus dem Jahr 1975.

Goyert hatte damals drei Jahre Zeit und hat in derselben Zeit geschrieben und übersetzt, in der auch Joyce geschrieben hat – das heißt in gewisser Weise im gleichen Zeitgeist. Auch die Sprache, die sich bekanntermaßen von Generation zu Generation verändert, ist zu diesem

Zeitpunkt noch dieselbe. Mitte der siebziger Jahre gab es dann eine neue Übersetzung von Hans Wollschläger, die eigentlich als die bessere gilt. Der Nachteil ist allerdings, dass, wenn die Übersetzung Jahrzehnte nach dem Original erscheint, sie zwangläufig in einer anderen, moderneren Sprache formuliert ist und damit an Originalität verliert. Das betrifft nicht so sehr die Qualität der Übersetzung, sondern vielmehr den Aspekt der Sprache. Normalerweise ist es natürlich ein Unterschied, ob man Prosa übersetzt, die oft weniger mit den Eigenarten der Sprache arbeitet, als Lyrik das macht, und deswegen leichter in eine andere Sprache transportiert werden kann. Bei Joyce kann das allerdings kein Argument sein. Manche Werke sind gar nicht zu übersetzen, man spricht dann von Übertragung, das heißt von einer eher sinngemäßen Übersetzung.

Auch sein Spätwerk *Finnegans Wake* (1939) gilt als eins der herausforderndsten Werke der modernen Literatur. Hier verwendet er eine völlig neue Art von Sprache, die eine Mischung aus Englisch, Französisch, Latein, Deutsch und Hebräisch ist und zudem noch frei erfundene Wörter beinhaltet. Davon gibt zwar auch eine Übersetzung von Hans Wollschläger aus den siebziger Jahren, aber auch dieses Werk lässt sich höchstens sinngemäß übertragen.

Die *Dubliners* (1914) sind da schon etwas traditioneller und gut für den Einstieg geeignet. Die einzelnen Kurzgeschichten geben einen Eindruck von Joyce, ohne dass man ihn gänzlich ergründet.

»Die Sprache, die Einfälle, die stilistischen Eigenheiten, die Wortspiele, alles: Joyce ist ein Jahrhundertgenie.«

George Orwell

George Orwell (1903–1950) ist allgemein bekannt durch seinen Roman *1984* (1949), die Arbeit daran schloss er 1948 ab. Es war damals ein Blick in die Zukunft – ein dystopischer Roman, der sich inzwischen in vielerlei Hinsicht als eine Warnung vor den Gefahren eines totalitären Regimes bewährt hat. Der Protagonist, Winston Smith, lebt in einem von der allmächtigen Partei kontrollierten repressiven Überwachungsstaat und kämpft gegen die Unterdrückung der Wahrheit und der persönlichen Freiheit. Dieser Roman brachte Orwell die Bezeichnung »moderne Kassandra« ein.

Trotz seines außergewöhnlichen schriftstellerischen Talents dauerte es lange, bis Orwell die Anerkennung erhielt, die er verdiente. In seinen früheren Jahren lebte er unter miserablen Bedingungen und hatte mit finanziellen Schwierigkeiten zu kämpfen. Sein Durchbruch kam in den dreißiger Jahren, nach der Veröffentlichung seines ersten Erlebnisberichtes *Erledigt in Paris und London* (*Down and Out in Paris and London*, 1933), in dem er autobiographisch sein Leben als Obdachloser und Tellerwäscher in Paris schildert. 1945 kommt die Fabel *Farm der Tiere (Animal Farm)* heraus – eine Allegorie auf die Sowjetunion und den Stalinismus – und macht ihn berühmt.

1936 nahm Orwell am Spanischen Bürgerkrieg teil, teilweise als Journalist, teilweise aber auch mit der Waffe in der Hand. Aus dieser Zeit stammt ein autobiographisches und politisches Werk, das man auch Reisebuch nennen könnte, aber nicht muss: *Mein Katalonien* (*Homage to Catalonia*, 1938).

Emily Dickinson

Heute gilt sie als die bedeutendste Lyrikerin der amerikanischen Literatur überhaupt. Zu ihren Lebzeiten (1830–1886) war sie jedoch fast völlig unbekannt und veröffentlichte nur wenige Gedichte in kleinen Zeitschriften – ihr eigentliches Werk umfasst jedoch fast 1800 Gedichte. Erst einige Jahre nach ihrem Tod erschien 1890 eine erste Sammlung ihrer Lyrik, die sofort großen Erfolg hatte. Sie wurde also posthum berühmt, sehr berühmt sogar. Es gab immer wieder neue Auflagen, und sie ist aus der amerikanischen Literaturgeschichte nicht mehr wegzudenken.

Emily Dickinson ist eine Frau, die für ihre Epoche sehr realistisch war. Sie leitete die Literatur des 20. Jahrhunderts in Amerika ein und war eine Avantgardistin, ohne sich dessen bewusst zu sein. Es war einfach ihr Naturell, ihre persönliche Haltung, die sie so bedeutend machte und den literarischen Weg ins 20. Jahrhundert ebnete – ähnlich wie ihr männliches Pendant Walt Whitman (1819–1892), der mit seinem umfangreichen Werk das 19. Jahrhundert hinter sich ließ.

Ihre Themen sind nach wie vor aktuell, was ein wesentlicher Grund für ihre anhaltende Relevanz ist. In ihren Gedichten spricht sie alles an, was die menschliche Natur bewegt – und das auf eine Art und Weise, die weit über den Stil und das allgemeine Bewusstsein im 19. Jahrhundert hinausgeht.

Sylvia Plath

Sylvia Plath (1932–1963) war weitgehend unbekannt, bevor sie sich mit nur 30 Jahren das Leben nahm. Sie litt ihr Leben lang unter schweren Depressionen und lebte in einer schwierigen Beziehung mit ihrem Ehemann, dem Dichter Ted Hughes, dessen dominierende Art sie stark belastete.

Es ist jedoch ein Verdienst von Hughes, dass er nach ihrem Tod ihr Hauptwerk veröffentlichte und sie posthum bekannt machte. Dazu gehört unter anderem der Gedichtzyklus *Ariel* (1965), der durch eine intensive, bildhafte Sprache geprägt und von düsteren und verstörenden Bildern durchzogen ist.

Sowohl in ihrem Leben als auch literarisch setzt sie sich mit Themen wie Depression, Identität und der Stellung der Frau auseinander. Heute gilt sie als eine bedeutende literarische Stimme des 20. Jahrhunderts und wird oft mit dem Begriff *Confessional Poetry* (Beicht-Poesie) in Verbindung gebracht, da ihre Gedichte stark von persönlichen Erlebnissen und inneren Konflikten geprägt sind.

Auch ihr einziger Roman *Die Glasglocke* (1963), ein

semi-autobiographischer Roman, der das Leben einer jungen Frau namens Esther Greenwood beschreibt, die mit schweren psychischen Problemen kämpft, gehört zu ihren bedeutendsten Werken. Der Roman ist nicht nur ein faszinierendes psychologisches Porträt einer Frau, die gegen ihre Depression kämpft, sondern thematisiert auch die gesellschaftlichen Erwartungen an Frauen überhaupt.

Bis in die Jetztzeit wirkt sie weiter fort und gilt nach wie vor als eine der wichtigen Autorinnen des angloamerikanischen Raums.

Oscar Wilde

Oscar Wilde (1854–1900) war vieles. Er war ein Ästhet, ein Bonvivant, ein Lebemann. Einer seiner berühmten Aussprüche ist: »Ich habe einen ganz einfachen Geschmack. Ich mag nur das Beste.« Wilde war eine schillernde Figur des 19. Jahrhunderts und ein großer Schriftsteller.

Er lebte in der Zeit des Fin de Siècle, dem Übergang vom 19. ins 20. Jahrhundert. Eine Ära, die von Wandel, Pessimismus und der Doppelmoral der viktorianischen Gesellschaft geprägt war. Die Kunst entwickelte sich weg von traditionellen Normen und Werten hin zu einer Bewegung, die zunehmend individualistischer und experimenteller wurde. All das floss in seine Werke ein. Auch die dekorative Bewegung des Jugendstils, die zu dieser Zeit ihren Höhepunkt erreichte, steht im Einklang mit vielen Werten, die Wilde vertrat – ihre Ornamentik hat als Gestaltungsprinzip das Artifizielle und Versponnene, das zwar einen besonderen Reiz besitzt, aber auch Gefahr läuft, sich im Dekorativen zu erschöpfen.

Wildes Homosexualität war im puritanischen England Ende des 19. Jahrhunderts problematisch und brachte ihm einige Prozesse sowie eine zweijährige Haftstrafe mit Zwangsarbeit ein. Aber er ließ sich durch äußere Umstände nicht in seiner Lebenshaltung beirren. Er blieb ein Ästhet – genau das war eben seine Art zu leben. Trotz alledem ruinierte die harte Zwangsarbeit seine Gesundheit, und er starb mit nur 46 Jahren an ihren Folgen.

Bekannt wurde Oscar Wilde durch seine Märchen. Es sind jedoch keine traditionellen Volksmärchen, sondern Kunstmärchen. Sie sind frei erfunden und damit eigenständige Literatur. Oft sind sie gesellschaftskritisch, stark versponnen und phantastisch. Die Stoffe der Märchen sind weltweit eigentlich immer dieselben – egal ob man ein chinesisches, ein russisches, ein englisches oder ein deutsches Märchen liest. Aber man kann sofort erkennen, wo es herkommt, weil es durch die Kultur auf eine bestimmte Art eingefärbt ist. Das ist bei Kunstmärchen nicht so.

Kunstmärchen sind Märchen, die von einem Schriftsteller gestaltet und nicht aus dem Volk hervorgegangen sind. Sie sind das Erzeugnis der Kreativität eines einzelnen Autors. Viele große Schriftsteller:innen haben solche Märchen geschrieben, darunter Clemens Brentano, Charlotte-Rose de Caumont de La Force,

Wilhelm Hauff, E.T. A Hoffmann und auch Hermann Hesse. Oft haben sie sich an Märchen gewagt, um einen Stoff zu bewältigen, für den sie keinen realen Hintergrund schaffen konnten, der aber trotzdem wichtig für sie war. In solchen Fällen bietet sich die Form des Märchens an. In früheren Zeiten waren das auch Legenden, die aber häufig einen religiösen Hintergrund hatten.

Oscar Wilde hat auch viele Essays geschrieben, in denen er seinen ästhetischen Idealen und politischen Ansichten Ausdruck verlieh, darunter *Die Seele des Menschen unter dem Sozialismus* (*The Soul of Man under Socialism*, 1891) oder *Der Kritiker als Künstler* (*The Critic as Artist*, 1890). Er war ein sehr gebildeter Mensch, der seine Zeit sehr bewusst wahrgenommen hat. Dabei ist der aus Irland stammende Schriftsteller auch viel herumgekommen: Er hat zeitweise in Oxford, London und Paris gelebt und ist auf dem Pariser Friedhof Père Lachaise begraben.

Sein einziger, aber zentraler Roman ist *Das Bildnis des Dorian Gray* (*The Picture of Dorian Gray*, 1890). Es geht um den jungen, schönen Dorian Gray, der in London lebt und ein Leben in Luxus und Vergnügen führt, ohne sich um die moralischen Konsequenzen seiner Taten zu kümmern. Auch hier kommt Wildes Homosexualität zum Vorschein, wird aber in andere ästhetische Bereiche übertragen. Es ist eins dieser Werke, das deswegen so besonders ist, weil es sich nirgendwo einordnen lässt.

»Man könnte meinen, noch artifizieller kann ein Buch eigentlich gar nicht sein, das geht gar nicht. Das ist aber eine Eigenart und die Sonderstellung von Oscar Wilde.«

Das Artifizielle erschafft er zum einen mit Hilfe von Sprache, aber eben auch mit dem Stoff, den er verwendet. Das Streben nach Schönheit und ästhetischem Genuss sind seine zentralen Themen. *Das Bildnis des Dorian Gray* ist ein großes Beispiel dafür. Es fällt wirklich schwer, in der Literatur etwas Vergleichbares zu finden.

Oscar Wilde wird häufig mit dem Begriff *Dandy* in Verbindung gebracht, der aus dem späten 18. Jahrhundert stammt und insbesondere in der britischen Gesellschaft verwendet wurde, um Männer zu beschreiben, die einen übertriebenen Wert auf ihr Äußeres, ihren Stil und soziale Eleganz legten. Es handelt sich um Menschen, die in ihrer ganzen Lebenshaltung die Ästhetik sehr in den Vordergrund stellten und sich selbst als Gesamtkunstwerk ansahen. In der Literatur findet man solche Figuren auch in Marcel Prousts *Auf der Suche nach der verlorenen Zeit* oder in den Werken Scott Fitzgeralds.

»Oscar Wilde schreibt Bücher, die ästhetische Grenzen überschreiten.«

Joseph Conrad (1857–1924) war ein polnisch-britischer Schriftsteller und eine herausragende Figur des 19. Jahrhunderts. Obwohl er erst mit Anfang 20 die englische Sprache erlernte, zählt er heute zu den bedeutendsten Schriftstellern der englischen Literatur.

Er gehört zu den Schriftstellern, die für ein breiteres Publikum lesbar sind, weil er, oberflächlich betrachtet, einfach sehr spannend schreibt. Doch das ist natürlich nicht das Entscheidende. Seine Qualität liegt darin, dass er sich intensiv mit anderen Kulturkreisen auseinandersetzt und sie dem Leser nahebringt. Seine Werke sind auch für Leser:innen zugänglich, die sonst eher keine Weltliteratur lesen.

Ein Leben lang beschäftigte Conrad sich mit der Seefahrt. Nahezu all seine Romane haben das Meer zum Thema. Conrad hatte Polen früh verlassen und eine Laufbahn als Seemann eingeschlagen, unter anderem bei der britischen Handelsmarine. Seine große Sachkenntnis macht die Lektüre nicht nur spannend, sondern auch authentisch. Er erzählt nicht nur fesselnde Geschichten, sondern vermittelt ganz nebenbei detaillierte Informationen – einfach so nebenbei im Text, ohne dass man sich besonders drum bemühen muss.

»*Platt* gesagt: Der Mann hat Ahnung.«

Nostromo (1904), eine Geschichte über politische Intrigen in Südamerika, gilt als sein anspruchsvollstes Werk. Die

Zeitsprünge und wechselnden Perspektiven machen die Struktur komplexer, und auch der geschichtliche Hintergrund ist nicht weniger vielschichtig. Trotz der fiktiven Handlung äußert Conrad hier eine deutliche Kritik am Imperialismus, insbesondere an der wirtschaftlichen Ausbeutung südamerikanischer Staaten durch ausländische Mächte im 19. Jahrhundert.

Eins seiner zentralen Werke ist *Das Herz der Finsternis* (*Heart of Darkness*, 1899). Seemann Marlow folgt dem Kongo-Fluss tief ins afrikanische Hinterland, um den rätselhaften Elfenbeinagenten Kurtz zu finden. Doch je näher er ihm kommt, desto deutlicher enthüllt sich die Grausamkeit des Kolonialismus und die dunkle Wandlung Kurtz', dessen Geist von Größenwahn und moralischem Verfall gezeichnet ist. Das Buch wurde von Francis Ford Coppola mit Marlon Brando in der Hauptrolle verfilmt. Der Film *Apocalypse Now* ist mindestens genauso berühmt geworden wie seine literarische Vorlage.

Toni Morrison

Toni Morrison (1931–2019) ist die erste Schwarze Autorin, die 1993 den Literaturnobelpreis bekam.

Nach ihrer Universitätsausbildung arbeitete sie zunächst als Lehrerin und unterrichtete englische Literatur. Doch eine ihrer wichtigsten Tätigkeiten war ihre spätere Rolle als erste Schwarze Lektorin bei Random House, einem der größten literarischen Verlage Amerikas. Dort förderte sie maßgebend afroamerikanische Literatur und trug dazu bei, dass viele Autor:innen erstmals veröffentlicht wurden. Später dozierte sie als Professorin an der Princeton University.

Ihre Themen kreisen durchweg um Rassismus, Identität und die Erfahrung Schwarzer Frauen in den USA. Sie behandelt die Herausforderungen und die Problematik, der Schwarze Menschen in der amerikanischen Gesellschaft ausgesetzt sind, aber auch die Verbindungen und Möglichkeiten, die sich daraus ergeben.

Ihr Debütroman *Sehr blaue Augen* (*The Bluest Eye*, 1970) wurde von der Kritik begeistert aufgenommen. Er handelt von einer Schwarzen Jugendlichen, die sich blaue Augen wünscht. *Solomons Lied* (*Song of Solomon*, 1977) ist einer ihrer erfolgreichsten Romane und behandelt Themen wie Identität und Herkunft. Ihr bekanntestes Werk *Menschenkind* (*Beloved*, 1987) ist von einer wahren Begebenheit inspiriert. Darin erzählt Morrison die Geschichte einer entflohenen Sklavin, die lieber ihr Kind tötet, als es in die Sklaverei zurückkehren zu lassen. Morrison gab dieser tragischen Geschichte eine Stimme und wurde dafür mit dem Pulitzer-Preis ausgezeichnet.

Für ihren großen Einfluss auf die amerikanische Literatur verlieh ihr Barack Obama 2012 die höchste zivile Auszeichnung der USA – die Presidential Medal of Freedom.

Allen Ginsberg

Allen Ginsberg (1926–1997) ist eine zentrale Figur der Beat Generation und Zeitgenosse von Frank O'Hara und William S. Burroughs.

Beat war eine literarische Bewegung, die in den späten vierziger Jahren in den USA entstand und zunehmend populärer wurde. Die Beat Generation beschreibt eine Gruppe von amerikanischen Schriftstellern um Lawrence Ferlinghetti, Gregory Corso, Jack Kerouac, Neal Cassady und eben auch Ginsberg, die mit dem American Way of Life nicht einverstanden waren und ihren eigenen Weg gingen. Statt nach Wohlstand strebten sie eher nach spiritueller und intellektueller Erleuchtung. Die Vertreter der Beat Generation waren für ihren unkonventionellen Lebensstil bekannt.

Das Gedankengebäude von Allen Ginsberg ist vielseitig. Er wuchs in New Jersey in einer jüdischen Familie auf, beschäftigte sich intensiv mit der japanischen Variante des Buddhismus, dem Zen, und praktizierte Yoga. Viele seiner Beobachtungen entstanden unter Drogeneinfluss, was damals nicht ungewöhnlich war.

Ginsberg beeinflusste auch Bob Dylan stark und war eng mit ihm befreundet. Viele der Texte, die Bob Dylan später schrieb, entstanden in Zusammenarbeit mit Ginsberg.

Eines der bedeutendsten Werke von Ginsberg ist das Langgedicht *Howl*, das 1956 veröffentlicht wurde und zu den bekanntesten und einflussreichsten Werken der Beat Generation zählt. Es wurde 1957 wegen obszöner Sprache und freizügiger Themen (wie Drogenkonsum, Homosexualität und geistige Gesundheit) zensiert, was zu einem Rechtsstreit führte. Der Verleger, kein Geringerer als Lawrence Ferlinghetti, wurde schließlich freigesprochen, wodurch Autor und Werk landesweit bekannt wurden. Das Gedicht wurde 2010 unter dem Titel *Howl – Das Geheul* experimentell verfilmt; Allen Ginsberg wird darin von dem Schauspieler James Franco gespielt.

Ginsbergs Werke beschäftigen sich oft mit seiner Sexualität und der Repression homosexueller Identitäten in der Gesellschaft. Er war ein Vorreiter der LGBTQ+-Bewegung und schrieb offen über seine homosexuellen Erfahrungen und die Suche nach Freiheit in einer homophoben Gesellschaft.

Außerdem ist Ginsberg bekannt als Vertreter der sogenannten Flower-Power-Bewegung. Während des Vietnamkrieges verschenkte er Blumen an Soldaten, steckte sie symbolisch in die Gewehrläufe der Waffen. Ginsberg war ein leidenschaftlicher Aktivist und setzte sich für Frieden und soziale Gerechtigkeit ein.

Dashiell Hammett

Dashiell Hammett (1894–1961) gilt als der Begründer des amerikanischen Kriminalromans *(hardboiled novel)*. Vor ihm kannte man hauptsächlich englische Kriminalromane, die auf Landsitzen oder in ländlichen Räumen spielten. Hammett verpflanzte den Thriller in die Großstädte.

Neben seiner Schriftstellerei war Hammett auch Privatdetektiv, was ihm praktische Erfahrungen verschaffte, die in seine Geschichten einflossen. Eine seiner bekanntesten Figuren ist der Detektiv Sam Spade aus dem Kriminalroman *Der Malteser Falke* (*The Maltese Falcon*, 1929). Spade ist ein zynischer Antiheld, der trotz seines rauen Charakters einen bestimmten Ehrenkodex verfolgt. Er bewegt sich in den dunklen Milieus und schäbigen Kneipen der Ganovenstädte.

Es gibt einige Kriminalautoren mit literarischem Rang, und Dashiell Hammett gehört definitiv dazu. Besonders herausragend sind seine präzisen Dialoge. Sein Stil ist schnörkellos, realistisch und frei von jeder Verzierung, was seine Romane weit über bloße Unterhaltungsliteratur hinaushebt. Auch wenn man den Einfluss Hemingways spürt, hat er eine eigene, unverkennbare Sprache gefunden. Hammett beschreibt Vorgänge mit einer Klarheit und Intensität, die literarische Maßstäbe setzt.

Hammetts Einfluss auf die Entwicklung des Kriminalromans ist enorm. Seine Werke inspirierten zahlreiche Autoren und Filmemacher. Er war ein wichtiger Vorläufer für Autoren wie Raymond Chandler.

Raymond Chandler

Auch Raymond Chandler (1888–1959) gelang es mit seinen Kriminalromanen, neue literarische Maßstäbe zu setzen, auch wenn seine Schreibkarriere erst im Alter von 50 Jahren begann.

Dabei war sein Rang in Europa über Jahrzehnte überhaupt nicht klar, weil frühe Übersetzungen seiner Werke mangelhaft waren. In der Nachkriegszeit erschienen die ersten deutschen Fassungen als Taschenbücher bei Ullstein. Die Übersetzer hatten nur wenig Zeit und konnten teilweise gar nicht mit den Originalmanuskripten arbeiten. Es wurden Teile gekürzt und die Geschichten zurechtfrisiert, damit sie für die europäischen Leser:innen verständlicher waren. Wer nur die damaligen deutschen Übersetzungen kennt, kann kaum erahnen, was für ein exzellenter Schriftsteller Chandler tatsächlich war. Dankenswerterweise sind inzwischen all seine Romane im Diogenes Verlag neu übersetzt worden – diesmal auf Grundlage der Originalmanuskripte, mit mehr Zeit und mehr Sachkenntnis.

Für Chandler war Dashiell Hammett nicht nur ein Zeitgenosse, sondern auch eine große Inspirationsquelle. Auch Chandler erschuf eine markante Figur: Philip Marlowe, den zynischen, aber ehrenhaften Privatdetektiv aus Los Angeles. Marlowe taucht in vielen seiner Werke auf, darunter in *Der große Schlaf* (*The Big Sleep*, 1939), der ihm den großen Durchbruch brachte, und *Lebwohl, mein Liebling* (*Farewell, My Lovely*, 1940). Auch bei Chandler ist die Großstadt Schauplatz seiner Kriminalromane.

Während Dialoge bereits bei Hammett eine große Rolle spielten, trieb Chandler sie noch weiter. Er machte sie schneller, schärfer und zynischer – geprägt von lakonischem Witz und Doppeldeutigkeiten. Ähnlich wie Hammett war auch er von Hemingway beeinflusst, entwickelte aber eben auch seinen eigenen Stil.

> **»Die Dialoge spielen bei Raymond Chandler eine sehr große Rolle. Die Präzision der Sprache ist hier entscheidend.«**

Jack London

Jack London (1876–1916) war ein amerikanischer Schriftsteller, der um die Jahrhundertwende des 19. Jahrhunderts lebte. Berühmt wurde er vor allem durch seine Abenteuerromane, die häufig in der Natur und Wildnis spielen.

Viele seiner Werke haben einen autobiographischen Hintergrund. Als junger Mann verbrachte er viele Jahre als Seemann, was nicht nur seinen Abenteuergeist förderte, sondern auch seine sozialkritische Haltung prägte, besonders in Bezug auf die harte Arbeit der einfachen Leute – ein Motiv, das sich in vielen seiner späteren Romane und Erzählungen wiederfindet.

Mit 17 Jahren zog er nach Alaska, um am Goldrausch teilzunehmen – eine Erfahrung, die zahlreiche seiner späteren Werke prägte. *Lockruf des Goldes* (*Burning Daylight*, 1910) beschreibt seine Erlebnisse als Goldwäscher in

Alaska. Nach seiner Rückkehr reiste er weiter, besuchte viele Inseln der Südsee, Russland und Korea. Ein Großteil seiner Bücher behandelt ebendiese Erlebnisse.

Bereits zu Beginn des 20. Jahrhunderts zählte London zu den meistgelesenen Autoren der Welt. Seine bekanntesten Werke sind *Ruf der Wildnis* (*The Call of the Wild*, 1903) und *Der Seewolf* (*The Sea-Wolf*, 1904), beide sind Klassiker der Abenteuerliteratur.

Ruf der Wildnis erzählt die Geschichte von Buck, einem Hund, der von einem komfortablen Leben in Kalifornien in die raue Wildnis Alaskas entführt wird, wo er seine wilden Instinkte wiederentdeckt und schließlich in die Freiheit der Natur zurückkehrt. Der Kurzroman gilt als sein bedeutendster und machte ihn zeitlebens international bekannt; er wurde mehrfach verfilmt.

Die Beschreibungen der Tiere, insbesondere der Wölfe und der ihn begleitenden Hunde, sind in seinen Romanen wie *Ruf der Wildnis* oder *Wolfsblut* (*White Fang*, 1906) so intensiv und präzise, dass der berühmte Verhaltensforscher Konrad Lorenz ihn für die Qualität seiner Beobachtungen und die nahezu wissenschaftliche Darstellung tierischen Verhaltens lobte. In Londons Werken sah er eine realistische Darstellung der Instinkte der Tiere und ihrer Beziehung zum Menschen.

Leider wurde Jack London nicht sehr alt. Er führte ein intensives Leben und hatte mit schweren Alkoholproblemen und Depressionen zu kämpfen, was vermutlich zu seinem frühen Tod in Alter von nur 40 Jahren führte.

Wichtige angloamerikanische Schriftsteller

William Shakespeare (1564–1616)
Daniel Defoe (1660–1731)
Jonathan Swift (1667–1745)
Henry Fielding (1707–1754)
Samuel Johnson (1709–1784)
Laurence Sterne (1713–1768)
Horace Walpole (1717–1797)
Oliver Goldsmith (1728–1774)
Walter Scott (1771–1832)
George Gordon Byron (1788–1824)
John Keats (1795–1821)
Edgar Allan Poe (1809–1849)
William Makepeace Thackeray (1811–1863)
Charles Dickens (1812–1870)
Anthony Trollope (1815–1882)
Walt Whitman (1819–1892)
Herman Melville (1819–1891)
George Meredith (1828–1909)
Thomas Hardy (1840–1928)
Henry James (1843–1916)
Robert Louis Stevenson (1850–1894)
Oscar Wilde (1854–1900)
George Bernard Shaw (1856–1950)
Joseph Conrad (1857–1924)
Rudyard Kipling (1865–1936)
John Galsworthy (1867–1933)
Stephen Crane (1871–1900)
John Cowper Powys (1872–1963)
Ford Madox Ford (1873–1939)
William Somerset Maugham (1874–1965)
Jack London (1876–1916)
Upton Sinclair (1878–1968)
James Joyce (1882–1941)
Ezra Pound (1885–1972)
D. H. Lawrence (1885–1930)

T. S. Eliot (1888–1965)
Raymond Chandler (1888–1959)
Eugene O'Neill (1888–1953)
Conrad Aiken (1889–1973)
Henry Miller (1891–1980)
Aldous Huxley (1894–1963)
Dashiell Hammett (1894–1961)
John Dos Passos (1896–1970)
Francis Scott Fitzgerald (1896–1940)
Liam O'Flaherty (1896–1984)
William Faulkner (1897–1962)
Ernest Hemingway (1899–1961)
Vladimir Nabokov (1899–1977)
George Orwell (1903–1950)
Arthur Evelyn Waugh (1903–1966)
Graham Greene (1904–1991)
Samuel Beckett (1906–1989)
Malcolm Lowry (1909–1957)
Paul Bowles (1910–1999)
William Golding (1911–1993)
Flann O'Brien (1911–1966)
Lawrence Durrell (1912–1990)
William S. Burroughs (1914–1997)
Dylan Thomas (1914–1953)
Saul Bellow (1915–2005)
Lawrence Ferlinghetti (1919–2021)
Jack Kerouac (1922–1969)
William Gaddis (1922–1998)
Norman Mailer (1923–2007)
James Baldwin (1924–1987)
Frank O'Hara (1926–1966)
Allen Ginsberg (1926–1997)
Tom Wolfe (1930–2018)
Gregory Corso (1930–2001)
John Updike (1932–2009)
V. S. Naipaul (1932–2018)
Philip Roth (1933–2018)
Thomas Pynchon (*1937)
Paul Auster (1947–2024)
Salman Rushdie (*1947)

Wichtige angloamerikanische Schriftstellerinnen

Dorothy Wordsworth (1771–1855)
Jane Austen (1775–1817)
Charlotte Brontë (1816–1855)
Emily Brontë (1818–1848)
George Eliot (1819–1880)
Emily Dickinson (1830–1886)
Edith Wharton (1862–1937)
Willa Cather (1873–1947)
Virginia Woolf (1882–1941)
Katherine Mansfield (1888–1923)
Katherine Anne Porter (1890–1980)
Carson McCullers (1917–1967)
Doris Lessing (1919–2013)
Toni Morrison (1931–2019)
Sylvia Plath (1932–1963)
Margaret Atwood (*1939)

Lesesabbatical

Immer wenn ich beruflich ganz oben war, habe ich entschieden: »So, Feierabend, jetzt mache ich etwas anderes.« Ich habe kein bürgerliches Leben geführt. Vielleicht hätte mir sonst mit 25 Jahren bereits eine Universitätsbuchhandlung gehört. Vielleicht wäre ich auch Verleger geworden. Angesichts der Entwicklungen dieser Zeit wären diese Szenarien naheliegend gewesen. Dafür hätte ich nur bei der Stange bleiben müssen, aber ich hatte bis zu diesem Zeitpunkt alles erreicht, was ich mir vorgenommen hatte.

Zwei Jahre lang leitete ich den Berlin Verlag Arno Spitz, bevor ich meine Arbeit dort im Einvernehmen mit dem Verleger wieder einstellte. Arno Spitz hatte mir zwar in Aussicht gestellt, die Leitung des Verlags in den nächsten acht Jahren übernehmen zu können, aber das wollte ich nicht. Acht Jahre sind für einen Menschen in seinen Zwanzigern eine halbe Ewigkeit. Außerdem hatte ich mich ziemlich überarbeitet und sehnte mich nach einer Auszeit. Irgendwann kündigte ich das Arbeitsverhältnis und stieg für immer aus der Verlagsbranche aus.

Ich konnte mich nicht dazu durchringen, sofort die

nächste Tätigkeit aufzunehmen. Ein reizvolles Angebot aus Heidelberg lag vor: die Leitung einer großen wissenschaftlichen Buchhandlung. Doch ich lehnte ab. Ich war ausgebrannt und brauchte eine Pause – nach dem Abitur hatte ich ununterbrochen und mit hoher Intensität gearbeitet, oft bis zu 14 Stunden am Tag.

Es ergab sich, dass das elterliche kleine Eigenheim in Leverkusen noch nicht weiterverkauft war. So konnte ich dort für wenig Geld ein Zimmer übernehmen. Mit dem wenigen Ersparten habe ich tatsächlich fast drei Jahre fristen können. Dann fasste ich einen ungewöhnlichen Entschluss: eine Lesepause. Nicht im Sinne einer Pause vom Lesen – im Gegenteil. Ich nahm mir eine bewusste Auszeit, um mich ganz dem Lesen zu widmen, eine Art Lesesabbatical.

Diese nächsten drei Jahre waren eine radikale Zeit des Rückzugs. Ich unternahm nichts, außer zu lesen – keine Reisen, keine besonderen Ausgaben, ich lebte nur von meiner Substanz. Doch dafür hatte ich unendlich viel Zeit. Täglich las ich zehn bis zwölf Stunden, manchmal sogar mehr, und holte all das nach, was ich nach meinem Abitur versäumt hatte. In dieser Zeit legte ich mir eine literarische Basis an, wie das sonst kaum möglich gewesen wäre.

Freunde kamen regelmäßig zu Besuch und rissen mich gelegentlich aus meinem Lesewahnsinn. Mein Zuhause lag direkt am Wald – endlos und wunderschön. Dort verbrachten wir täglich zwei, drei Stunden mit Spaziergängen und langen Gesprächen – über Literatur, das Leben und alles, was uns sonst noch beschäftigte.

FRANZÖSISCHSPRACHIGE LITERATUR

Marguerite Duras

Marguerite Duras (1914–1996) ist eine der wichtigsten Frauen der französischen Literatur des 20. Jahrhunderts und zugleich auch Drehbuchautorin und Filmregisseurin. Sie wuchs in Französisch-Indochina (heute Vietnam) auf und übersiedelte erst mit 17 Jahren zurück nach Frankreich. Dadurch hatte sie von vornherein einen etwas anderen Blick auf die französische Kultur. Sie sah sie gewissermaßen von außen, durch die Brille ihrer Erfahrungen in einem anderen Land. Sie war keine experimentelle Schriftstellerin, sondern eine Erzählerin – und ist deswegen auch sehr gut lesbar. Duras beschäftigte sich viel mit psychologischen Zuständen, unerfüllter Liebe und der Suche nach Identität.

Ihr Roman *Der Liebhaber* (*L'Amant*, 1984) ist eines ihrer bekanntesten Werke mit autobiographischen Bezügen und erschien vergleichsweise spät. Erzählt wird die Geschichte einer leidenschaftlichen, aber verbotenen Liebesbeziehung zwischen einer jungen französischen Frau und einem chinesischen Mann in Französisch-Indochina in den 1920er Jahren. Es ist kein fortlaufender Roman, sondern er setzt sich aus fragmentarischen Erinnerungen und Rückblenden zusammen, die nicht nur die Beziehung, sondern auch die sozialen und kulturellen Spannungen jener Zeit in eindrucksvollen Bildern widerspiegeln. Trotz dieser Besonderheit bleibt das Werk dank seiner klaren Sprache leicht zugänglich. Der Roman brachte Duras 1984 den Prix Goncourt ein.

Der internationale Durchbruch gelang Duras allerdings schon vorher mit der Filmnovelle *Hiroshima, mon amour*, die von Alain Resnais 1959 inszeniert wurde. Darin geht es um die Begegnung zwischen einer französischen Schauspielerin und einem japanischen Architekten in Hiroshima. Der Film ist ein experimentelles Werk, das den Zusammenhang zwischen persönlichem Trauma und historischen Ereignissen, insbesondere dem Atombombenabwurf auf Hiroshima, untersucht.

Derzeit gibt es in der französischen Literatur eine ganze Reihe wichtiger Frauen, mehr übrigens als Männer. Aber zu Duras' Zeiten war das lange nicht so. Die französische Gesellschaft war damals noch sehr männerdominiert und hat nur eine kleine Zahl von Frauen hervorgebracht, die literarisch heute noch anerkannt sind.

Jean-Paul Sartre (1905–1980) war einer der bedeutendsten Philosophen und Schriftsteller des 20. Jahrhunderts. Als Hauptvertreter des Existenzialismus ist er ohne die intellektuelle Vorarbeit von Martin Heidegger kaum zu denken.

Existenzialisten sind, schlicht gesagt, Leute, die sich an der Realität orientieren – das heißt, ihre Philosophie baut nicht auf irgendwelchen Utopien auf, sondern auf dem täglichen Geschehen, auf dem Zeitgeist. Es sind letztendlich die am wenigsten spekulativen Philosophen. Sartres Philosophie basiert auf der Annahme, dass »die Existenz der Essenz vorausgeht«. Das bedeutet, dass der Mensch zunächst existiert und sich erst dann durch seine Entscheidungen und Handlungen selbst definiert. Es gibt also keinen göttlichen Plan. Stattdessen sind wir radikal frei – aber genau diese Freiheit ist eine Last, weil wir für unser Leben selbst Verantwortung tragen.

Sein philosophisches Hauptwerk ist *Das Sein und das Nichts* (*L'être et le néant*, 1943), in dem er zentrale Begriffe wie »Für-sich-Sein« (Bewusstsein) und »An-sich-Sein« (bloße Existenz der Dinge) von Hegel weiterentwickelt. Die Aufgabe eines jeden besteht demnach darin, sich eine eigene Welt zu entwerfen; die absolute Freiheit resultiert daraus, dass jede und jeder für seine Entscheidungen verantwortlich ist. Es ist, wenn man so will, sein Opus magnum, also sein wichtigstes Werk.

Entwürfe für eine Moralphilosophie (*Cahiers pour une morale*, 1983) ist ein Werk, das man als Spätwerk bezeichnen kann, obwohl es bereits in den vierziger Jahren Vorarbeiten dazu gab. Die Sammlung unvollendeter Texte sollte ursprünglich eine Ethik des Existenzialismus begründen, konnte aber nicht mehr von ihm selbst ausgearbeitet werden. Der Band erschien posthum im Rowohlt Verlag.

Seine philosophischen Werke gehören sicher zu den bedeutendsten, die er geschrieben hat. Er hat allerdings auch einige Romane verfasst. Einer der bekanntesten ist *Der Ekel* (*La nausée*, 1938) – ein Roman, der das Lebensgefühl des Existenzialismus ausdrückt. Die Hauptfigur, Antoine Roquentin, empfindet eine tiefe Abscheu vor der Welt, weil er ihre Sinnlosigkeit erkennt.

Daneben hat Sarte auch Theaterstücke geschrieben, die eine Zeitlang auf der ganzen Welt aufgeführt wurden. Eins der bekanntesten Stücke ist *Geschlossene Gesellschaft* (*Huis clos*, 1944), aus dem das berühmte Zitat stammt: »Die Hölle, das sind die anderen.« *(»L'enfer, c'est les autres.«)*

Als kritischer Geist und politisch Engagierter ist Sartre in alle Fettnäpfchen getreten, in die man nur treten kann – insbesondere als Kritiker des Kolonialismus und Kapitalismus. Er hatte zum Beispiel zur Auseinandersetzung im Nahen Osten zwischen Israel und den umliegenden Ländern eine Meinung, die nicht unbedingt mit der westlichen Politik übereinstimmte. Sartre stellte sich auf die Seite der entrechteten arabischen Bevölkerung und kritisierte die Politik Israels. Auch den französischen Staat griff er immer wieder in seinen Publikationen an, weil er die teilweise sehr konservative Politik der ersten Regierung nach dem Krieg nicht akzeptieren konnte. Den ihm 1964 verliehenen Literaturnobelpreis lehnte Sartre aus politischen Gründen ab und sorgte auch damit für einen Skandal.

Simone de Beauvoir

Simone de Beauvoir (1908–1986) war eine bedeutende französische Intellektuelle und eine zentrale Figur des Existenzialismus – ihr Einfluss auf den Feminismus und die Philosophie ist bis heute spürbar. 1929 legte sie die Agrégation, die Rekrutierungsprüfung für Gymnasiallehrer in Philosophie, ab und wurde damit eine der ersten Frauen in Frankreich, die diese anspruchsvolle Prüfung bestanden – sie als Zweitplatzierte, Sartre auf Platz eins.

Ihr Buch *Das andere Geschlecht* (*Le deuxième sexe*, 1949) setzt sich mit der gesellschaftlichen Stellung der Frau auseinander. Darin prägte sie den berühmten Satz: *»Man kommt nicht als Frau zur Welt, man wird es.«* Als das Werk erschien, sorgte es für große Aufregung. In Spanien und in der katholischen Schweiz wurde es verboten, und selbst in Frankreich stieß es auf heftige Kritik. Heute gilt es als eines der einflussreichsten Bücher des Feminismus. Es ist ein umfangreiches Werk, das die historische

Funktion der Frau, das Patriarchat und die daraus resultierenden sozialen Probleme thematisiert.

Obwohl sie bereits in den vierziger Jahren Romane schrieb, wurde sie lange Zeit vor allem als Philosophin und Feministin wahrgenommen. Als Romanschriftstellerin etablierte sie sich mit ihrem Roman *Die Mandarins von Paris* (*Les mandarins*, 1954), der das Leben französischer Intellektueller nach dem Zweiten Weltkrieg schildert und mit dem renommierten Prix Goncourt ausgezeichnet wurde.

Alle Menschen sind sterblich (*Tous les hommes sont mortels*, 1946) ist ein weiterer bedeutender Roman von ihr. Darin erzählt sie die Geschichte von Fosca, einem Mann, der Unsterblichkeit erlangt und über Jahrhunderte hinweg lebt. Doch anstatt darin Erfüllung zu finden, erkennt er, dass das Leben ohne Endlichkeit sinnlos wird. In diesem philosophischen Werk setzt sich Beauvoir mit existenziellen Fragen auseinander, insbesondere mit der Bedeutung der Vergänglichkeit für das menschliche Dasein. Es ist eine tiefgehende Reflexion über Zeit, Freiheit und den Sinn des Lebens – ganz im Geiste des Existenzialismus.

Über Sartre, den sie 1929 kennenlernte, sagte sie, er sei der »unvergleichliche Freund ihres Denkens« und ihr intellektueller Gefährte. Vieles, was Sartre veröffentlicht hat, ist in Diskussionen mit Beauvoir entstanden. Trotz ihres Schwerpunkts auf die feministische Perspektive vertraten die beiden oft eine ähnliche Position. Sie fuhren sozusagen intellektuell auf derselben Schiene. Es war eine Idealpartnerschaft, auch wenn es menschlich nicht immer einfach war. Und natürlich hatte sie im Grunde den gleichen intellektuellen Stellenwert, auch wenn Sartre oft im Vordergrund stand. Aber sie wusste stets, sich ihre Unabhängigkeit zu bewahren – sowohl im Denken als auch im Leben. Sie war nicht nur Sartres enge Partnerin, sondern nahm sich auch große Freiräume und propagierte auch eine Emanzipation in der Liebe. Trotzdem schafften sie es, dass ihre Verbindung ein Leben lang hielt.

Albert Camus

Albert Camus (1913–1960) war nicht nur ein bedeutender Schriftsteller, sondern auch ein einflussreicher Philosoph. Sein Leben wurde tragisch durch einen tödlichen Autounfall beendet. In Frankreich gilt er nach wie vor als einer der großen Klassiker, und viele schätzen den Philosophen sogar höher ein als den Romanautor.

Das wichtigste Romanwerk von ihm ist gewiss *Die Pest* (*La peste*, 1947), mit dem ihm der literarische Durchbruch gelang. Er beschreibt darin den Ausnahmezustand, in dem Menschen durch diktatorische Maßnahmen gezwungen werden, in Quarantäne zu bleiben. In diesem Buch nimmt er übrigens auch Bezug auf den Vater von Marcel Proust, der ein bedeutender Arzt war und sich intensiv mit Epidemien beschäftigte.

Camus' Stil ist sehr präzise. Wie bei vielen Autoren, die auch philosophisch tätig waren, färbt die Wissenschaftlichkeit ihrer Arbeiten auch auf die Prosa ab, was nahezu zwingend ist. Das lässt sich, ähnlich wie bei Sartre, auch bei Camus beobachten.

In seinen Werken setzt sich Camus vor allem mit existenziellen Fragen auseinander. Obwohl er oft mit der philosophischen Strömung des Existenzialismus in Verbindung gebracht wurde, lehnte er diese Einordnung ab. Während Philosophen wie Jean-Paul Sartre ihn als Teil der Bewegung sahen, distanzierte sich Camus ausdrücklich vom Existenzialismus. Seine Philosophie konzentrierte sich unter anderem auf das Absurde, besonders in Werken wie *Der Mythos des Sisyphos* (*Le mythe de Sisyphe*, 1942) und *Der Fremde* (*L'étranger*, 1942). Während Existenzialisten wie Sartre betonten, dass der Mensch durch seine Freiheit und Entscheidungen Sinn schaffen müsse, argumentierte Camus, dass die Welt an sich sinnlos sei und der Mensch lernen müsse, mit dieser Absurdität zu leben, ohne künstliche Bedeutungen zu konstruieren. Dennoch gilt sein Werk *Der Mythos des Sisyphos* als einer der bedeutendsten philosophischen Texte des Existenzialismus.

Wichtige literarische Werke von Camus sind *Der Fremde* und *Der Fall* (*La chute*, 1956). In *Der Fremde* geht es um Meursault, einen Mann, der von der Gesellschaft als »fremd« wahrgenommen wird, weil er emotionslos und indifferent ist. Dieses Werk spiegelt den existenziellen Ansatz von Camus' Denken wider und passt zur Orientierungslosigkeit der Menschen nach den traumatischen Kriegserfahrungen jener Zeit.

In *Der Fall* erzählt Jean-Baptiste Clamence von seinem Leben in Brüssel. Der Roman ist in Form eines Monologs geschrieben, in dem Clamence einem unbekannten Zuhörer seine Lebensgeschichte und moralischen Verfehlungen offenbart. Camus hat auch einige Theaterstücke geschrieben, die zwar nicht so populär sind, aber in Frankreich weiterhin regelmäßig gespielt werden.

Darüber hinaus hat Camus philosophische Werke verfasst, die seine einzigartigen Gedanken weiterführen. Doch sein Hauptwerk *Der erste Mensch* (*Le premier homme*, 1994) konnte er nie vollenden, da er 1960 bei einem Autounfall ums Leben kam. Sein bester Freund und Neffe von Camus' Verleger, Michel Gallimard, war der Fahrer des Autos und erlag einige Tage später seinen Verletzungen. In Camus' Aktentasche wurde nach dem Unfall ein Teilmanuskript eines Textes gefunden, an dem er zu dem Zeitpunkt noch arbeitete. Der teils autobiographische Roman wurde posthum veröffentlicht.

»Camus war zweifellos eine der führenden Gestalten der Literatur des 20. Jahrhunderts.«

Antoine de Saint-Exupéry

Saint-Exupéry (1900–1944) war ein sehr eigenwilliger, zurückgezogener Mensch, der zeitlebens eine starke Bindung zu seiner Mutter hatte. Er war nicht nur Schriftsteller, sondern auch passionierter Flieger, Luftpostpilot in Nordafrika und Südamerika. Er überlebte zahlreiche Notlandungen, darunter eine berühmte Bruchlandung in der Sahara – ein Erlebnis, das ihn zu seinem Buch *Der kleine Prinz* (*Le Petit Prince*, 1943) inspirierte.

Der kleine Prinz ist ein kleines Wunder – eine Art Jahrhundertbuch. Es überrascht nicht unbedingt, dass es von ihm stammt, aber man wundert sich doch, wie gerade er eine so reizende kleine Geschichte schreiben konnte, die einen so ungeheuren Welterfolg hatte. Man kann es einem kleinen Kind in die Hand geben, genauso wie einem Achtzigjährigen. Es ist eigentlich für jeden geeignet. Es ist kein Kinderbuch im klassischen Sinne – und doch auch für Kinder. Ein genialer Entwurf und ein philosophischer Roman, der sich mit den großen Themen des Lebens befasst: Freundschaft, Liebe, dem Sinn des Lebens, dem Verlust der Phantasie und der Vergänglichkeit.

Ein weiteres bekanntes Buch von ihm ist *Nachtflug* (*Vol de nuit*, 1931), in dem er seine Erfahrungen als Pilot verarbeitet. Es beschreibt die gefährlichen Flüge, die er unternahm, um Briefe, Post und Pakete über dem südamerikanischen Kontinent zu transportieren.

Flug nach Arras (*Pilote de guerre*, 1942) hingegen hat einen sehr viel schwerwiegenderen Hintergrund. Es spielt während des Krieges und beschreibt einen einstündigen Aufklärungsflug nach Arras im Norden Frankreichs, das von den Deutschen besetzt worden war. Erst über der brennenden Stadt erkennt der Pilot das ganze Ausmaß der Zerstörung. Er sieht die Flüchtlingstrecks auf den Straßen – Menschen, die die Stadt verlassen haben oder aus dem Norden Frankreichs in den Süden strömen. Ein eher erschütterndes Buch.

Saint-Exupérys Schicksal war tragisch: 1944 verschwand er bei einem Aufklärungsflug für die französische Luftwaffe über dem Mittelmeer. Erst Jahrzehnte später wurden Wrackteile seines Flugzeugs gefunden.

Er hat ein eher schmales Werk hinterlassen. Und wenn ich sagen sollte, welches sein wichtigstes Buch ist, dann würde ich *Flug nach Arras* wählen.

»Der kleine Prinz von Antoine de Saint-Exupéry gehört zu diesen tollen Büchern, die jeder lesen kann.«

Georges Simenon

Obwohl Georges Simenon (1903–1989) in Belgien geboren wurde, verbrachte er einen großen Teil seines Lebens in Frankreich und schrieb seine bekanntesten Werke auf Französisch. In der französischen Literatur gilt er als Ausnahmeerscheinung, vor allem durch seine Reihe rund um den Kommissar Maigret – eine ikonische Figur der Kriminalliteratur. Anders als bei Chandler oder Hammett jedoch wird bei Simenon nicht nur der Täter gesucht, sondern auch das Verhalten der Menschen analysiert.

Den ersten Maigret-Roman, *Maigret und Pietr der Lette (Pietr-le-Letton)* schrieb Simenon 1929, vorher sind bereits zahlreiche Groschenromane und Erzählungen von ihm erschienen. Es war der Auftakt für eine Reihe von etwa 80 weiteren Kriminalromanen rund um den Kommissar.

Maigret – Hauptkommissar der Polizei von Paris – handelt ruhig und besonnen und taucht dabei tief in die Psyche der Menschen ein. Es geht Simenon weniger darum, bloß den Täter zu finden, sondern vielmehr darum, die sozialen und persönlichen Umstände zu verstehen, die zum Verbrechen führten. Die Kriminalromane spielen häufig im kleinbürgerlichen Milieu, meist in Paris und Umgebung, oft auch in kleinen, abgelegenen Orten. Doch die psychologische Durchdringung dieser Welten ist so präzise, dass man diese Werke durchaus als große Literatur ansehen muss.

Ähnlich wie Simenon selbst stammt auch seine Figur des Maigret aus dem Kleinbürgertum, und er versteht es, hinter die Fassaden der Wohlanständigkeit zu schauen. Damit gelingt es ihm, seine Fälle erfolgreich zu lösen.

Blaise Cendrars

Blaise Cendrars (1887–1961) ist nicht so bekannt, obwohl er ein bedeutender Schriftsteller war. Er hat zahlreiche Romane, Gedichte, Erzählungen und Essays geschrieben und war eine sehr illustre Figur. Er ist eigentlich kein Franzose, sondern ein Schweizer, der jedoch auf Französisch schrieb.

Cendrars hatte ein sehr bewegtes Leben: Er lebte in Russland, reiste durch Asien, aber auch nach Brasilien und in die USA. Er beschäftigte sich auch mit Filmen und drehte in Italien. In seinen Werken beschreibt er oft das Leben an diesen unterschiedlichsten Orten. Im Ersten Weltkrieg meldete er sich freiwillig und verlor dabei den rechten Arm, was ihn zwang, fortan mit der linken Hand zu schreiben.

Meiner Meinung nach ist sein wichtigstes Werk *Zigeu-*

ner-Rhapsodien (1963). Ein Werk, das sehr authentisch ist, da er eine Zeitlang bei südfranzösischen Sinti und Roma lebte und seine Erfahrungen in den Texten verarbeitete. Es gibt eine Legende, die nicht vollständig nachgewiesen ist, wie vieles bei Cendrars. Diese Legende besagt, dass er dem Sohn eines Häuptlings das Leben rettete und dafür zum Ehrenmitglied der Roma und Sinti ernannt wurde.

Er hat seine Reisen und Erlebnisse nicht erfunden, aber, wie man so schön sagt, manchmal noch einen oben draufgesetzt. Cendrars' Stil ist geprägt von rhythmischer, bildhafter Sprache und einer Mischung aus Realität und Fiktion. Seine Werke beeinflussten viele spätere Autoren, darunter Henry Miller und die Beat Generation.

Zum lockeren Einstieg in sein Werk eignet sich *Der alte Hafen* (1964) – eine Sammlung autobiographischer Erzählungen. Es sind sehr schöne Geschichten. In diesen verarbeitet Cendrars seine vielfältigen Lebenserfahrungen und Abenteuer. Die Geschichte über die Wiederbegegnung mit Marseille hat mich am meisten beeindruckt. Nachdem er nach einer langen Reise dort ankommt, trommelt er alle seine Freunde zusammen, die dort erreichbar sind, und sie setzen sich gemeinsam an eine große Tafel. Das klingt zunächst wenig nach Ereignis, ist aber trotzdem sehr spannend erzählt.

Ein Resümee seines Lebens findet sich in *Rhapsodie der Nacht* (*Le lotissement du ciel*, 1949), wo er seine Erfahrungen in sehr lockerer erzählerischer Form zusammenträgt. Er war eine literarische Figur, die nicht einfach eingeordnet werden kann.

»Cendrars versteht es, aus kleinen Beobachtungen und kleinen Geschehnissen ein spannungsgeladenes Ganzes zu machen.«

Marcel Proust

Marcel Proust (1871–1922) ist eine der wichtigsten Figuren in der Literaturgeschichte des 20. Jahrhunderts.

Sein Werk *Auf der Suche nach der verlorenen Zeit* (*À la recherche du temps perdu*, 1913–1927) war ein Wegbereiter für die moderne Literatur überhaupt. Es ist der erste große literarische Entwurf, der die Formen des Romans sprengt. Das mehrbändige Werk wird zwar als Roman deklariert, ist aber in Wirklichkeit eine Aneinanderreihung von Begegnungen mit wichtigen Menschen der Gesellschaft des beginnenden 20. Jahrhunderts. Proust war selbst Mitglied dieser Gesellschaft, die bereits dem Untergang geweiht war.

Sein Vater, Adrien Proust, war einer der bekanntesten Mediziner Frankreichs und Berater der Regierung. Proust ging in dieser Gesellschaft ein und aus, war finanziell unabhängig und musste keiner geregelten Arbeit nachgehen. Das erklärt auch seine genauen Schilderungen dieser Gesellschaft, die sich dennoch im Umbruch befand.

Das Romanwerk, wenn man es doch so nennen will, beginnt mit dem Satz: »Es gab eine Zeit, als ich früh schlafen ging.« Hat so ein Riesenwerk nicht einen anderen Anfang verdient? Oder ist gerade dieser unscheinbare Auftakt der einzig passende Beginn für ein Werk, das sich mit Erinnerung und Zeit auseinandersetzt? Der Erzähler, Prousts Alter Ego, beginnt seine Reise in der Kindheit und beendet sie als Erwachsener. Er hat das autobiographische Werk über eine lange Zeit konzipiert, und der Roman besteht aus größeren Zyklen mit zahlreichen Figuren, die auch sein Leben beschreiben. Der einzige rote Faden ist der Begriff der Zeit, die am Ende wiedergefun den wird.

Im Laufe der Erzählung tauchen unendlich viele Figuren auf, manche nur sporadisch, manche ziehen sich aber auch durch das gesamte Werk. Swann wird zu einer der faszinierendsten und vielschichtigsten Figuren des Romans. Durch die Verbindung zum Erzähler, geprägt von familiären und gesellschaftlichen Banden, spiegelt er auf eindrucksvolle Weise Themen wie Liebe, Erinnerung und Wahrnehmung.

Es gibt die Besuche in Combray bei der Großmutter des Erzählers. Es gibt beeindruckende, sehr zart erzählte Landschaftsbilder. Es gibt dialogreiche Gespräche, die sich über Hunderte von Seiten hinziehen können. Und es gibt eingestreute Liebesgeschichten wie die von Swann und Odette. Es gibt die Beobachtung junger Mädchen, eine zart empfundene Beschreibung, die aber letztendlich eine Umschreibung seiner eigenen Vorstellungen vom Leben sind. Denn eigentlich ist Proust homosexuell, und die Figur Alberta, die immer wieder auftaucht, ist Albert – eine Art Sekretär, der ihn viele Jahre bis zu seinem Tod begleitet hat.

Proust schafft nicht nur Charaktere, sondern beschreibt die Menschen in ihrem gehobenen sozialen Umfeld – vorwiegend der adligen Gesellschaft in Frankreich und den umliegenden Regionen. Das ist Psychologie hoch zwei. Ich weiß nicht genau, inwieweit da Angriffe auf Proust stattfanden, denn ein Teil der wichtigsten Publikationen erschien ja erst, als er seine gesellschaftlichen Besuche aus Krankheitsgründen längst eingestellt hatte. Einiges, was er da berichtet, dürfte der damaligen Gesellschaft nicht gerade bequem gewesen sein.

Man hat Prousts *Auf der Suche nach der verlorenen Zeit* auch oft mit Musils *Mann ohne Eigenschaften* verglichen. Robert Musil gilt dabei als das deutschsprachige Pendant, weil er ebenfalls die Zeit vor dem Ersten Weltkrieg darstellt und eine Gesellschaftsschicht, die damals noch ein großes Mitspracherecht hatte, aber letztlich unterging.

Der Schreibstil von Proust ist sehr präzise, sehr eindringlich, sehr genau. Er besitzt die Begabung, Dinge so eindrücklich darzustellen, dass man sie bildhaft vor sich sieht. Seine seitenlangen Sätze können auf den einen oder anderen vielleicht abschreckend wirken, aber diese Aneinanderreihung von Eindrücken kann man in dieser präzisen Form gar nicht in kurzen Sätzen darstellen. Das ist rein stilistisch gar nicht möglich. Die Art zu schreiben, wie Proust es macht, zwingt sozusagen zu langen Sätzen.

»Am meisten mochte ich immer, dass es diese Authentizität hat. Man weiß, so ist es wirklich gewesen. Er hat das beschrieben, was er erlebt hat. Das ist keine Erfindung. Denn er ist dabei gewesen.«

Im ersten Band von *Auf der Suche nach der verlorenen Zeit* beschreibt der Erzähler, wie er nach einem langen Tag nach Hause kommt und ein Stück Madeleine isst. Als er das Stückchen in den Tee taucht und seinen Geschmack auf der Zunge spürt, werden plötzlich Erinnerungen an seine Kindheit wach, die er längst vergessen hatte. Dieser Moment wird zu einem Schlüsselmoment im Buch, und der daraus resultierende Proust'sche Effekt beschreibt die Idee, dass ein bestimmter Sinnesreiz – in diesem Fall der Geschmack der Madeleine – plötzlich und intensiv Erinnerungen an vergangene Erlebnisse wachrufen kann. Proust nutzt dieses Motiv nicht nur als literarisches Stilmittel, sondern auch, um die Subjektivität der menschlichen Erfahrung zu betonen. Dieses Stilmittel setzten nach ihm viele weitere Literaturschaffende ein, unter anderem Virginia Woolf, W. G. Sebald und Italo Calvino.

Proust hatte den Roman in gewisser Form zu Lebzeiten vollendet, aber es gab sehr viel Material, das skizzenhaft vorlag und das erst in der zweiten großen Pléiade-Ausgabe bei Gallimard das Hauptwerk bereicherte. In den fünfziger Jahren gab es eine kongeniale Übersetzung von Eva Rechel-Mertens (1953–1957) ohne diese Ergänzungen, heute gibt es eine umfangreichere Übersetzung von Luzius Keller (1994–1996), die auf der neuen, textkritischen Edition des Originals basiert und um fast 1000 Seiten bereichert wurde. Diese Edition ist sehr sorgfältig gestaltet worden.

»Proust hat eben diese Sonderstellung, dass er eine neue Welt des Schreibens eröffnet hat. Deswegen wird er immer auch ein Markstein sein.«

Ich habe *Auf der Suche nach der verlorenen Zeit* dreimal gelesen – einmal als junger Buchhändler, dann, als ich etwa 50 Jahre alt war, in der gleichen Übersetzung von Eva Rechel-Mertens, und schließlich vor einigen Jahren die umfangreichere Neuübersetzung von Keller. Beim dritten Mal habe ich das Werk bewusst an einem Stück gelesen. In 47 Tagen, etwa vier Stunden pro Tag, abends von elf bis nachts um drei. Ich wollte es einmal kompakt und schnell lesen, um sozusagen am letzten Tag noch die Schilderungen des ersten Tages reflektieren zu können, was über einen langen Zeitraum kaum möglich ist. Es gibt auch gute Sekundärliteratur, in der Autoren oder Figuren nachgeschlagen werden können.

Aber das kann man eigentlich von niemandem erwarten. Die meisten interessierten Leser brauchen mindestens ein Jahr, wenn nicht sogar länger, um sich durch das Werk zu arbeiten. Ob man nun die alte oder die neue Ausgabe liest, ist letztlich eine Frage der Interpretation. Für jemanden, der privat interessiert ist und nicht wissenschaftlich damit arbeitet, dürfte das jedoch eher nebensächlich sein. Und 3500 Seiten sind ohnehin schon eine gewaltige Herausforderung. Allerdings kann man Proust auch in einzelnen Teilen lesen. Das einzige Problem ist, dass so viele Namen auftauchen, die man mitunter wieder vergisst. Es ist alles eine Frage, wie weit das Interesse reicht.

Natürlich muss man das alles überhaupt nicht lesen. Aber Lesen gehört zu einer der großen Qualitäten des menschlichen Lebens. Und wenn ich das einmal begriffen habe, dann gehört natürlich ein Autor wie Marcel Proust unbedingt dazu. Man kann ihn eigentlich gar nicht umgehen. Wenn man einen Blick in die französische Literatur wirft, wird man schnell feststellen, dass Marcel Proust insbesondere im 20. Jahrhundert eine prägende Rolle gespielt hat. Er hat sozusagen die Grundlage geschaffen, auf der die beeindruckende Literatur, die in Frankreich folgte, aufbaut. Und es gibt sehr, sehr viele Autoren in Frankreich, die maßgeblich von Proust beeinflusst sind.

»Proust gehört zu den Autoren, der alle literarischen Möglichkeiten vorgestellt hat. Und das mit einer literarischen und stilistischen Präzision, wie man das kaum in einer anderen Literatur findet.«

Françoise Sagan

Françoise Sagan (1935–2004), mit bürgerlichem Namen Françoise Quoirez, war eine der bekanntesten literarischen Stimmen Frankreichs in der Mitte des 20. Jahrhunderts. Ihr Name ist übrigens ein Pseudonym und stammt von einer Figur, die bei Proust in *Auf der Suche nach der verlorenen Zeit* vorkommt, der Prinzessin von Sagan.

Ihr Debütroman *Bonjour tristesse* (1954) machte die Achtzehnjährige über Nacht weltberühmt. Zur damaligen Zeit war es ein ziemlich skandalöser Roman. Er schildert das Leben einer jungen Frau, die in einer Welt lebt, in der Genuss und Freiheit das Maß aller Dinge sind. Das Buch behandelt die Themen Liebe, Verlust und vor allem die Freiheit der Jugend – was Sagan schnell den Ruf einer aufmüpfigen, unangepassten Schriftstellerin einbrachte. Es war ein Werk, das die Normen der Gesellschaft herausforderte und das Lebensgefühl der Jugend in der Nachkriegszeit einfing. Die darin thematisierte Sinnlosigkeit der kapitalistischen Gesellschaft gepaart mit Sagans nüchternem Schreibstil wirkten auf die Leserschaft durchaus provokativ.

Im Laufe ihrer Karriere schrieb Sagan noch viele weitere Romane, Theaterstücke und Drehbücher, darunter Werke wie *Lieben Sie Brahms?* (*Aimez-vous Brahms,* 1959) und *La Chamade* (1965), die ebenfalls große Erfolge wurden. *Lieben Sie Brahms?* wurde sogar verfilmt, mit keiner geringeren als Ingrid Bergman in der Hauptrolle. Der Film war ebenfalls sehr erfolgreich.

Wichtige französischsprachige Schriftsteller

Alain-René Lesage (1668–1747)
Voltaire (1694–1778)
Denis Diderot (1713–1784)
Nicolas Edme Restif de la Bretonne (1734–1806)
Pierre-Ambroise-François Choderlos de Laclos (1741–1803)
Jan Graf Potocki (1761–1815)
Benjamin Constant (1767–1830)
Stendhal (1783–1842)
Honoré de Balzac (1799–1850)
Alexandre Dumas (1802–1870)
Victor Hugo (1802–1885)
Théophile Gautier (1811–1872)
Gustave Flaubert (1821–1880)
Émile Zola (1840–1902)
Joris-Karl Huysmans (1848–1907)
Pierre Loti (1850–1923)
Guy de Maupassant (1850–1893)
Claude Anet (1868–1931)
André Gide (1869–1951)
Marcel Proust (1871–1922)
Max Jacob (1876–1944)
Valery Larbaud (1881–1957)
Blaise Cendrars (1887–1961)
Marcel Jouhandeau (1888–1979)
Louis-Ferdinand Céline (1894–1961)
Jean Giono (1895–1970)
Henry de Montherlant (1895–1972)
Antonin Artaud (1896–1948)
Tristan Tzara (1896–1963)
Philippe Soupault (1897–1990)
Emmanuel Bove (1898–1945)
René Crevel (1900–1935)
Julien Green (1900–1998)
Antoine de Saint-Exupéry (1900–1944)
Jean Prévost (1901–1944)

Raymond Queneau (1903–1976)
Georges Simenon (1903–1989)
Jean-Paul Sartre (1905–1980)
Julien Gracq (1910–2007)
Albert Camus (1913–1960)
Claude Simon (1913–2005)
Boris Vian (1920–1959)
Georges Perec (1936–1982)
Patrick Modiano (*1945)

Wichtige französischsprachige Schriftstellerinnen

Christine de Pizan (1364–1431)
Madeleine de Scudéry (1607–1701)
Marie-Madeleine de La Fayette (1634–1693)
Germaine de Staël (1766–1817)
George Sand (1804–1876)
Colette (1873–1954)
Louise de Vilmorin (1902–1969)
Irène Némirovsky (1903–1942)
Simone de Beauvoir (1908–1986)
Marguerite Duras (1914–1996)
Madeleine Chapsal (1925–2024)
Françoise Sagan (1935–2004)
Albertine Sarrazin (1937–1967)
Annie Ernaux (*1940)
Yasmina Reza (*1959)
Brigitte Giraud (*1960)
Virginie Despentes (*1969)
Marion Messina (*1990)

Zwischen Rätseln und Realität

Noch während meiner Tätigkeit im Berliner Arno Spitz Verlag bin ich viel geflogen, da ich von Berlin aus die Universitätsstädte besuchte. Monatelang reiste ich zwei- bis dreimal pro Woche nach München, Stuttgart, Köln, Hannover oder Hamburg. Dabei beobachtete ich oft Geschäftsleute, die die Zeit totschlugen, indem sie Rätsel lösten – allerdings etwas verschämt, indem sie ihr Rätselheft in einen *SPIEGEL* oder eine andere Zeitung steckten. Da kam mir der Gedanke, eine Rätselzeitschrift zu gestalten, die man nicht verstecken muss. Für lange Zeit blieb es einfach nur eine Idee.

Nach meiner dreijährigen Leseauszeit war ich zunächst arbeitslos, fand aber recht schnell eine Anstellung beim Deutschen Sportverlag, das war in den 1970er Jahren. Dieser verlegte Kitschromane und zwölf verschiedene Rätselhefte, die redigiert werden mussten – eine Aufgabe, die ich übernahm. Eine Zeitlang erstellte ich Kreuzworträtsel für diese eher einfachen Hefte, irgendwann aber hing mir das zum Hals raus.

Relativ schnell wurde ich in den innersten Zirkel der

Redaktion aufgenommen und bekam das Angebot, selbst Rätsel zu verfassen. In den folgenden Jahren verdiente ich damit eine ganze Menge Geld. Das Geschäft nahm immer weiter zu, und die Bezahlung war hervorragend. Mit zunehmender Erfahrung wurde ich immer professioneller, so dass ich in dieser Zeit enorme Summen verdiente – nach Steuern zwischen 60 000 und 80 000 Mark im Jahr. Das war damals viel Geld und ist es – umgerechnet – heute noch. Ein guter Teil davon floss natürlich in Bücher.

Zu dieser Zeit hatte ich eine große Wohnung am Erzbergerplatz in Köln. Meine Mutter lebte bei mir, weil sie im Altersheim nicht zurechtkam. Es war eine Traumwohnung, die ich nach und nach auf Vordermann brachte. Die Decken waren in der Nachkriegszeit zigmal überstrichen worden, und auch den schönen Parkettboden ließ ich restaurieren. Ich richtete mir eine großzügige Wohnküche mit einem großen Tisch ein, an dem man gut mit vielen Leuten essen konnte. Jeden Samstag gab es bei uns eine besondere Gemüsesuppe. Das sprach sich schnell herum, und plötzlich saßen da an einem Samstag zehn Leute am Tisch.

Bei einer dieser Gelegenheiten lernte ich Gerald Hündgen kennen. Er hatte Anfang der achtziger Jahre die Musikzeitung *Spex* mitgegründet, die eine Zeitlang sehr erfolgreich war. Wir unterhielten uns längere Zeit, freundeten uns an. Irgendwann kam ich mit meiner Idee für die Rätselzeitschrift heraus, und er war sofort Feuer und Flamme. Da ich etwas Geld zur Verfügung hatte, beschlossen wir gemeinsam, die schönste Rätselzeitschrift zu konzipieren, die es je gegeben hatte.

Nach langem Suchen fanden wir schließlich den Titel »Perplex«, der meiner Ansicht nach perfekt passte. Diese Rätselzeitschrift hatte mit allem, was jemals an Rätselheften produziert wurde oder noch produziert wird, überhaupt nichts gemein. Unser Ziel war es, Rätsel auf hohem Niveau zu konzipieren, aber dabei auch großen Wert auf die Gestaltung zu legen.

Wir stellten ein Team aus sehr fähigen Leuten zusammen, die für das Design verantwortlich waren, und engagierten Autoren, die in der Lage waren, interessante Rätsel zu erstellen. Gerald Hündgen übernahm die Rolle des Chefredakteurs. Allein die Tatsache, dass jemand, der die *Spex* mitgegründet hatte, sich nun mit einer Rätselzeitschrift beschäftigte, zeigte, dass diese auf einem ganz anderen Niveau war.

In der Zeitschrift fanden sich Rätsel, die man mit der gesamten Familie lösen konnte – Kreuzworträtsel, Schwedenrätsel, Fotorätsel und vieles mehr. Die erste und einzige Ausgabe erschien 1986. Das ist nun beinahe 40 Jahre her.

»Wir haben gemeinsam ein Rätselheft konzipiert. In unseren Augen das schönste, das es je gegeben hat.«

Die Rätselzeitschrift war nicht nur sehr interessant gestaltet, wir hatten auch ziemlich großen Spaß dabei. Doch irgendwann ging uns das Geld aus. Diese Zeitschrift hat mich ein Vermögen gekostet – etwa eine Million. Es gab jedoch niemanden, der bereit war, die zweite Ausgabe vorzufinanzieren, obwohl die Verkaufszahlen wirklich gut waren. Wir hatten bereits Werbung im Wert von fast einer halben Million für das kommende Jahr gewonnen, was die nächste Ausgabe durchaus finanzierbar gemacht hätte. Doch leider spielten die Banken nicht mit und wir fanden auch keine Interessenten, die die Zeitschrift kaufen wollten, und so mussten wir das Projekt mit einem erheblichen finanziellen Verlust nach nur einem Jahr einstellen.

25000 Bücher

Nach meiner Zeit mit der Rätselzeitschrift entschied ich, ein eigenes Antiquariat zu eröffnen. Das war 1986 in Nippes, und ich hielt den Laden bis 1993. Damals musste man alles Mögliche verkaufen, um existieren zu können. Aber es gab eben auch noch keinen ausgebauten Onlinehandel, also kamen mehr Leute direkt in den Laden. Trotzdem war das auf Dauer nicht zu halten.

In der Zwischenzeit improvisierte ich und verkaufte Bücher aus einem großen Lagerraum heraus – streng genommen ein Keller, aber mit Fenstern, Tageslicht und einem Zugang zur Straße, so dass er sich fast wie ein kleiner Laden nutzen ließ. Tagsüber stand ich außerdem vor der Mensa und bot Bücher an. Das machte ich zwei, drei Jahre lang.

2001 eröffnete ich das Antiquariat im Weyertal. Das war auch ein wilder, schneller Entschluss. Ich hatte die Besitzerin des Ladens, Ingeborg Reinsch, auf einem Flohmarkt kennengelernt, der vor Weihnachten auf einem Schiff stattfand. Sie blieb vor meinem Stand stehen und wir kamen ins Gespräch. Ich habe immer viel Sorgfalt darauf verwendet, dass meine Stände nicht wie Ramsch aussahen. Auch verkaufte ich stets nur Bücher, von denen ich glaubte, dass sie von allgemeinem Interesse sein könnten.

Ingeborg Reinsch erwähnte, dass sie im Weyertal einen Laden besaß – früher ein Gemüseladen –, der schon eine Weile leer stand. Der Vormieter sei unkorrekt gewesen, und sie fand, dass eine Buchhandlung aufgrund der Nähe zur Uni und dem Gymnasium ideal wäre. Ihr gehörte das ganze Haus, das ihre Großeltern einst erbaut hatten. Ich fuhr also hin und schaute mir den Laden an. Da sie mir ein sehr gutes Angebot machte, dachte ich mir: »Gut, dann machst du einfach noch mal Antiquariat.« Da war ich bereits 60 Jahre alt – ein Alter, in dem viele über die Rente nachdenken.

Viele meinen, sie könnten mit Büchern handeln, ohne sich darüber im Klaren zu sein, dass da auch eine gewisse Kenntnis dazugehört. Ich wollte mir wirklich sicher sein. Zu dieser Zeit gab es viele Antiquare, die einfach alte Bücher verkauften, wobei die Qualität nicht immer eine Rolle spielte. Ein solches Antiquariat wollte ich unter keinen Umständen führen. Heute sind diese Antiquariate fast alle verschwunden, weil sie sich nicht halten können.

Ich unterschrieb den Vertrag am 15. November 2001 und eröffnete den Laden am 12. Dezember desselben Jahres. Am 1. Januar kam dann die Umstellung von der D-Mark auf den Euro – die verrückteste Arbeit, die ich je geleistet habe. Innerhalb von 14 Tagen habe ich alle Bücher komplett umgezeichnet. Manche Kollegen hatten nach einem Jahr noch nicht alle Preise angepasst, aber ich wollte das sofort erledigen. Natürlich hatte ich damals noch nicht die 25000 Bücher, die ich bis zuletzt hatte – so viele kann man in 14 Tagen unmöglich umzeichnen.

»Eigentlich ist das Antiquariat ein Auslaufmodell.«

Anfangs stellte ich mir vor, dass sofort etliche Besucher kämen, aber das bewahrheitete sich nicht. Es war eher enttäuschend, und bereits Anfang 2002 sagte ich, dass ich den Laden wohl über kurz oder lang wieder schließen müsste. Es hatte einfach keinen Sinn. Doch Frau Reinsch unterstützte mich in allem und sagte, falls ich in Zahlungsschwierigkeiten käme, solle ich mir keine Gedanken machen. Sie nannte mich einen Lebensfreund – das war eine völlig ungewöhnliche Konstellation.

Und so zog ich es eben doch durch. Obwohl der Anfang bescheiden war, lief es eine Zeitlang ganz gut. Es wurde nie ein großer Wurf, aber dann kam mein Kollege Ulrich Doege dazu. Wir dachten, dass zwei Antiquariate nebeneinander einen größeren Anreiz hätten. Und da es inzwischen in Köln faktisch keine Antiquariate mehr gab, waren wir im Grunde – bis auf ein kleines Antiquariat in Nippes – die letzten in der Stadt.

Man lebt als Antiquar in einer doch eher fremden Welt, die von vielen belächelt wird. »Bücherwurm«, hört man von allen Seiten, und viele erkennen den Beruf gar nicht als solchen an. Dass ich das so lange machen würde, hätte ich damals selbst nicht gedacht. Dann kam die Pandemie, und langsam begann alles zu bröckeln. Anfang 2024 hatte ich zwei Möglichkeiten: entweder den Laden schließen oder Darias Vorschlag folgen. Zum Glück entschied ich mich für Letzteres – und so entstand eine völlig neue Situation. Ich habe wirklich gedacht, dass halb vergessene Bücher nicht unbedingt das sind, was die Generation, die in den neuen Medien zu Hause ist, sich wirklich ansehen will, aber da habe ich mich wohl geirrt. Und darüber freue ich mich sehr, weil ein traditionelles Antiquariat heute kaum noch zu führen ist. Es könnte also eine Hilfe sein, damit dieses Geschäftsmodell noch eine Weile überleben kann.

In meinem Antiquariat befinden sich ungefähr 25 000 Bücher. Ich habe sie nie gezählt, aber grob überschlagen kommt das hin. Fast alles steht in Doppelreihen. Natürlich ist das nicht ideal, manchmal fehlt mir selbst der Überblick. Eine größere Buchhandlung hätte ich gar nicht bewältigen können. Wenn ich 20 oder 30 Jahre jünger wäre, hätte ich mich wahrscheinlich eher spezialisiert – aber so ist es eben gekommen.

»Antiquare sind keine Leute, die mit 65 in Rente gehen, sie legen wirklich Wert auf ihren Beruf. Ein Antiquar macht das sein Leben lang, bis er nicht mehr kann. Und so wird das bei mir auch sein.«

Ein paar Worte zum Schluss

Es muss Juni 2024 gewesen sein, als ich vormittags ins Antiquariat kam und Klaus und ich mit unseren gewohnten Aufgaben in den Tag starteten. Ich stand vor der Lyrikabteilung und suchte passende Werke zusammen, um sie in den Videos zu besprechen, als Klaus mir aus dem hinteren Zimmer von seinem Stuhl aus zurief: »Ach, übrigens, der S. Fischer Verlag hat angerufen. Die wollen, dass ich ein Buch schreibe, aber ich habe abgelehnt. Ich bin doch kein Schriftsteller.« Ich fuhr hoch und dachte, ich hätte mich verhört. »Der S. Fischer Verlag hat dir ein Buchprojekt übers Telefon angeboten, und du hast nein gesagt?«, fragte ich noch einmal, um ganz sicherzugehen. Klaus ließ meine Frage auf sich wirken, und wir starrten uns eine Minute lang wortlos an. »Na gut, dann ruf sie eben noch mal an«, erwiderte er, nachdem er mein verdutztes Gesicht richtig gedeutet hatte. »Aber sag denen, dass ich das nur mache, wenn wir es zusammen schreiben«, setzte er mit einem Grinsen hinzu.

Eine Woche später schalteten wir uns in einer Videokonferenz mit der Sachbuchprogrammleiterin Anne

Stadler und Lektorin Ulrike Jänecke zusammen, um über ein mögliches Buchprojekt zu sprechen. Wir waren uns schnell einig, worum es gehen soll – um Klaus' Begegnungen mit Literatur. Daraufhin stellten Klaus und ich eine Liste von Schriftstellern und Schriftstellerinnen zusammen, die er zum Teil persönlich getroffen oder die ihn im Laufe seines Lebens literarisch begleitet haben, erweiterten sie mit wichtigen Stationen aus seinem Leben und reichten das fertige Buchkonzept bei S. Fischer ein. Es war noch alles streng vertraulich, und die Verträge waren noch lange nicht unterschrieben, aber Klaus erzählte seit dem Tag voller Stolz wirklich jeder Person, die ins Antiquariat kam: »Wir schreiben ein Buch beim S. Fischer Verlag.« »Aber es ist noch geheim«, setzte ich fortan immer nervös hinzu.

Begegnung mit Literatur war ein durchaus passender Buchtitel, aber wir brauchten etwas Prägnanteres, etwas, das besser auf unser Social-Media-Konzept übertragbar war. Es war Anfang August, als wir nach einem langen Tag im Antiquariat gerade Pause machten und unsere Linsensuppe aßen. Ein guter Freund und Kunde von Klaus war auch gerade da, wir saßen alle um den dunklen Eichentisch und unterhielten uns, als mich eine E-Mail von Ulrike, unserer Lektorin, erreichte: »Liebe Daria, manchmal ist es so, dass sich das ganze Team sofort auf einen Titel einigen kann: *Einfach Literatur! Eine Einladung.*« Ich las die Nachricht so unaufgeregt wie möglich vor und blickte in zwei nachdenkliche Augenpaare. »Das halte ich für kongenial!«, ergriff Klaus als Erster das Wort.

Natürlich hatte Klaus recht, er war kein Schriftsteller. In seiner Schulzeit hatte sein Cousin zwar einige seiner selbst verfassten Gedichte an eine Zeitung lanciert, die sie tatsächlich veröffentlichte. Während seiner Zeit in Berlin schrieb er Waschzettel für Bücher, wenn die Zeit knapp war, später konzipierte er auch Rätsel. Doch all das kam nicht an die Erfahrung heran, ein eigenes Buch zu schreiben. Und zwar in einem der bedeutendsten Verlage Deutschlands, der auch Franz Kafka und Thomas Mann im Programm führt.

Um das Buch schreiben zu können, schaffte er sich einen Laptop an. Ich hatte anfangs meine Bedenken, aber Klaus lernte das Tippen und die wenigen Funktionen, die er benötigte, genauso schnell wie das Hochswipen der Videos auf TikTok. Und dann ging es mühselig an die Arbeit, die ständig von neuen Krankenhausaufenthalten unterbrochen wurde. »Es geht schon. Und es geht nicht«, sagte er immer, wenn ich ihn nach seinem Gesundheitszustand fragte. Wir machten sonntags Lesedates aus, bei denen wir uns im Antiquariat gegenübersaßen und an unseren Texten feilten. »Sag mal, hast du auch so Lust auf Kuchen?«, war Klaus' obligatorische Frage nach den ersten zehn Minuten. Daraufhin holte ich uns Proviant, und wir verloren uns in dem einen oder anderen Buchgespräch. Nachdem jeder für sich einige Seiten zu Papier gebracht hatte, lasen wir sie uns laut vor – zurückhaltend und bescheiden, aber stets voller Begeisterung für den Text des anderen. Zeitweise fand er nur schwer die Kraft, neue Zeilen zu tippen, dann diktierte er mir die Kapitel und kam ins Erzählen. Trotz all dieser Schwierigkeiten halten wir hier das fertige Buch in den Händen. Ein Buch, dessen Veröffentlichung er leider nicht mehr erleben wird.

Schon als er im Krankenhaus lag und es ihm immer schlechter ging, bestand er darauf, dass ich ihm einzelne Kapitel vorlas, und erkundigte sich täglich, wie weit wir wären. Neben seinem Antiquariat wurde dieses Buch zu seiner wichtigsten Aufgabe und einem Lebenswerk, das er am Anfang fast abgelehnt hätte. Seit dem Tag seines Todes habe ich unermüdlich an unserem Manuskript weitergearbeitet.

*

Klaus Willbrand starb am 29. Januar 2025 im Krankenhaus, und damit begann für mich ein neues Kapitel. Ich stand vor der großen Aufgabe, sein Antiquariat weiterzuführen, und auch wenn Klaus und ich alle Szenarien gemeinsam durchgespielt hatten, wurde keins davon Wirklichkeit. Anfangs war ich traurig darüber, aber irgendwann musste ich mir eingestehen, dass es nicht der Laden und auch nicht die Bücher an sich waren, die unser gemeinsames Projekt ausgemacht haben. Wir haben Menschen wieder zum Lesen gebracht, wir haben Trends gesetzt und innerhalb kürzester Zeit eine wahnsinnig tolle Buchcommunity aufgebaut. Und vielleicht haben wir sogar den Literaturbetrieb ein wenig wachgerüttelt. »Unser Erfolg sagt aus, dass wir in unserer Gesellschaft noch viele, viele, viele Menschen haben, die sich, ich sag's jetzt mal ganz platt, mit dem täglichen Blödsinn nicht zufriedengeben«, sagte Klaus, als wir erstmals 100 000 Abonnenten auf Instagram erreicht hatten.

Diese Geschichte ist unbestechlich. Das, was wir mit Hilfe vieler Menschen im Namen der Literatur geschaffen haben, ist so dicht und unverrückbar, nichts und niemand könnte je etwas daran ändern. Klaus hat oft gesagt, dass er nie in der Lage wäre, mir zurückzuzahlen, was ich für ihn getan habe, aber er hat dabei vergessen, dass auch er mir eine einzigartige Erfahrung beschert hat. Und ich werde mein Bestes geben, dieses Vermächtnis mit allen mir zur Verfügung stehenden Mitteln weiterzuführen.

Seit er weg ist, träume ich oft davon, dass wir uns wieder im Laden gegenübersitzen. Er sieht dann fit aus, und ich habe das Gefühl, dass er sich doch noch einmal berappelt hat. Dann erzähle ich ihm alles, was er verpasst hat, und er hört mir mit verwundertem Gesicht zu. Dass nahezu alle wichtigen Zeitungen einen Nachruf auf ihn verfasst haben, Tausende Menschen sich in den sozialen Netzwerken von ihm verabschiedet und ihm von allen Seiten warme Worte des Zuspruchs und Beileids gewidmet haben, würde ihn genauso erstaunen wie damals die 10 000 Views bei seinem allerersten Video. »Nicht zu fassen. Das ist eine Hybris«, höre ich ihn dann mit einem verschmitzten Grinsen sagen.

Zum Schluss möchte ich noch etwas mit euch teilen, was wir bis dato auf keinem Kanal geteilt haben, obwohl viele von unseren Followern danach gefragt haben. Als ich ihn das erste Mal fragte, ob er eine Liste mit den für ihn wichtigsten Werken zusammenstellen würde, winkte er vehement ab: »Das ist doch gar nicht möglich. Und überhaupt: Ich halte nichts davon.« Doch als er im Krankenhaus lag und ich ihn erneut darum bat, war er gewillt, dieses Vermächtnis mit uns zu teilen.

Leseliste von Klaus Willbrand

Miguel de Cervantes (1547–1616), *Don Quijote*
Johann Wolfgang von Goethe (1749–1832), *Faust I und II, Die Leiden des jungen Werther*
Jean Paul (1763–1825), *Titan*
Heinrich von Kleist (1777–1811), *Ausgewählte Novellen*
Bettina von Arnim (1785–1859), *Goethes Briefwechsel mit einem Kinde*
Heinrich Heine (1797–1856), *Buch der Lieder, Romanzero*
Alexander Sergejewitsch Puschkin (1799–1837), Gedichte, *Eugen Onegin*
Theodor Fontane (1819–1898), *Effi Briest, Vor dem Sturm*
Gustave Flaubert (1821–1880), *Madame Bovary*
Fjodor Michailowitsch Dostojewski (1821–1881), *Schuld und Sühne (Raskolnikow)*
Lew Nikolajewitsch Tolstoi (1828–1910), *Anna Karenina*
Emily Dickinson (1830–1886), *Sämtliche Gedichte*
Anton Pawlowitsch Tschechow (1860–1904), *Erzählungen*

Maxim Gorki (1868–1936), *Meine Universitäten*
André Gide (1869–1951), *Die Falschmünzer*
Marcel Proust (1871–1922), *Auf der Suche nach der verlorenen Zeit*
Rainer Maria Rilke (1875–1926), *Duineser Elegien*
Thomas Mann (1875–1955), *Der Zauberberg*
Robert Musil (1880–1942), *Der Mann ohne Eigenschaften, Die Verwirrungen des Zöglings Törleß*
James Joyce (1882–1941), *Ulysses*
Franz Kafka (1883–1924), *Das Urteil, Das Schloss*
Ezra Pound (1885–1972), *Die Cantos (Pisaner Gesänge)*
Hans Henny Jahnn (1894–1959), *Perrudja*
Anna Seghers (1900–1983), *Transit*
Wolfgang Koeppen (1906–1996), *Das Treibhaus*
Albert Camus (1913–1960), *Die Pest*
Arno Schmidt (1914–1979), *Die Gelehrtenrepublik*
Heinrich Böll (1917–1985), *Billard um halb zehn*
Ilse Aichinger (1921–2016), *Die größere Hoffnung*
Günter Grass (1927–2015), *Die Blechtrommel*
Elfriede Jelinek (*1946), *Die Kinder der Toten*

Danksagung

Auch wenn Klaus und ich das Kernteam waren und uns die meiste Zeit zu zweit im Antiquariat gegenübersaßen, haben wir von vielen Seiten Support bekommen, ohne den all das nicht möglich gewesen wäre. Mira Heilmann machte als Erste PR-Fotos von Klaus – sein charakteristisches Bild vor der roten Ziegelwand seines Antiquariats war für alle Zeit sein Lieblingsfoto und als Erstes im Kölner *Express* abgedruckt. »Hier hast du mich wirklich gut getroffen«, wurde er nicht müde zu betonen. Tassilo Boßmann baute nicht nur seine Website, sondern packte auch bei allen Mystery-Box-Versandaktionen mit an, druckte etliche Etiketten und schleppte für Klaus und mich alle Bücher von A nach B. »Wollt ihr nicht endlich mal Feierabend machen?«, fragte Klaus uns des Öfteren spätabends im eigenen Interesse. Bei unserer allerersten Mystery-Box-Aktion suchte Klaus akribisch die Bücher zusammen, ich kombinierte sie zu Päckchen und hakte meine Excelliste ab, meine Mutter trug sie in den Hof, wo Freunde und Nachbarn fleißig Pakete zusammensteckten und die Bücher verpackten. Nur so konnten wir das alles überhaupt bewältigen. Nachbarn und Bekannte boten ihre Hilfe an und kamen in den Laden, um sich nach seinem Gesundheitszustand zu erkundigen und sich an seinem Erfolg zu erfreuen. Auch sein Antiquariatsnachbar Ulrich Doege wurde nicht müde, freundlich zu betonen: »Der Star sitzt nebenan«, nachdem auch wirklich jede(r) zuerst in sein Antiquariat reinstolperte und ihn für den verjüngten Klaus Willbrand hielt. Danke auch an Anne Stadler und Ulrike Jänecke vom S. Fischer Verlag, die die Initiative für das Buch ergriffen haben und uns ab Tag eins unterstützt und in allen Lebenslagen begleitet haben. Der größte Dank geht natürlich an die mehr als 200 000 Literaturfreunde und Literaturfreundinnen und eure Kommentare, Nachrichten, Besuche und Buchkäufe. Ihr habt für Klaus das letzte Jahr unvergesslich gemacht – das Buch ist euer Verdienst.

Und weil **euer Dank** genauso wichtig ist und nicht vergessen werden darf, hier ein paar kluge und inspirierende Worte aus der Community nach dem Ableben von Klaus Willbrand. Eure Anteilnahme hat alles erträglicher gemacht.

»Kaum jemand hat mich mehr zum Lesen motiviert als Klaus Willbrand. Ich hatte eigentlich geplant, dieses Jahr das Antiquariat zu besuchen und mich zu bedanken. Ich hoffe, er wusste, wie viel Freude die Einblicke von ihm vielen gebracht haben.«

»Sein Erfolg war die Krönung eines erfüllten Lebens.«

»Ich habe jedes seiner Worte und die Weisheit, die aus ihnen sprach, aufgesaugt. Was für ein feinsinniger Mensch. Ich werde seinen Blick auf Schriftsteller und Literatur sehr vermissen. Möge er dort oben die schönsten Bücher und anregendsten Gesprächspartner finden.«

»Dieser Kanal war ein Lichtblick für viele, die Wissen über Literatur und dadurch Menschlichkeit in der digitalen Wüste suchten. Danke auch für Ihre Weitsicht, Daria, jemanden zu Wort kommen zu lassen, der wirklich etwas zu sagen hatte.«

»Danke schön, dass Sie mir den Glauben an eine intelligente und liberale Gesellschaft aufrechterhalten haben – jenseits von Trash-TV und politischen Irrlichtern.«

»Von Herzen Dank für sein Licht!«

»Ein Mensch, wie es viele, viele mehr geben müsste. Ich habe in kurzer Zeit einiges von ihm gelernt! Herr Willbrand – möge es Ihnen dort, in den unendlichen Weiten dieses Universums, gut gehen.«

»Immer wieder große Trauer, aber auch Zuversicht, weil ihr so viel bewegt habt!«

»Er hat in mir das Bewusstwerden des großen Wissens geweckt, das man in einem langen Leben ansammelt. Das ließ neue Gespräche mit meinen Enkelkindern entstehen und ein neues Selbstbewusstsein bei mir selbst.«

»Durch Klaus habe ich begonnen, mir feste Zeiten zum Lesen zu nehmen, und durch ihn habe ich viele Klassiker gefunden, die mir tatsächlich gefallen.«

»Ich würde lügen, wenn ich schreibe, es hätte ein besonderes Buch oder einen besonderen Autor gegeben. Es war mehr sein extremes Fachwissen, seine unüberhörbar Liebe zur Literatur, die mich dazu bewog, wieder mehr zu lesen. Dafür bin ich ihm sehr dankbar.«

»Bei jedem Buch, das ich lese, werde ich an Sie denken.«

»Seine ruhige Art, über Literatur zu erzählen, die lesenswert und stilistisch gut ist, hat mich in Zeiten wie diesen, in denen vieles in Auflösung ist, daran erinnert, dass gute Literatur eine Brücke in die Vergangenheit sein kann, aus der wir für das Jetzt schöpfen können. Es macht Hoffnung, dass die Bücher der Autoren der Nachkriegsliteratur noch gelesen werden. Deren Bücher sind aktueller denn je. Ich fühle mich in dieser Zeit nicht mehr so allein.«

»Ich werde seine Beiträge vermissen, die trotz seines Alters so viel frischen Wind in die Literaturszene gebracht haben. Vielen Dank, Herr Willbrand, und hoffentlich ist die Bibliothek da oben gut gefüllt.«

»Vielen Dank, Daria, dass Sie uns die Möglichkeit gegeben haben, Herrn Willbrand kennenzulernen. Er war eine Bereicherung, und es ging dabei über Bücher hinaus.«

»Marcel Proust! Diese unfassbar bereichernde Entdeckung hätte ich ohne K. Willbrand nie gemacht. Danke!«

»Danke und gute Reise, du Verfechter geistvoller Worte.«

»Ich kannte Herrn Willbrand lediglich von eurem Kanal, doch mit seiner Art, Auffassung und Leidenschaft für das Leben und die Literatur gehörte er zu der seltenen Gruppe von Menschen, mit denen man sehr gerne ein persönliches Gespräch geführt hätte.«

»Schade, dass es nun keine neuen Gedanken mehr gibt.«

»Jetzt, wo diesem unglaublich klugen und literaturbesessenen Menschen die Aufmerksamkeit geschenkt wurde, die er verdient, verlässt er uns Unwissende.«

»In eurem Duo fehlt nun die Hälfte. Vielleicht fehlt aber auch nur das o? Was bleibt, ist das Du. Und damit die Hoffnung, die Erinnerungen lebendig zu halten. Für dich und für andere. Und Neues zu schaffen.« – Krankenhaus Köln Weyertal

»Klaus hat mich überhaupt wieder zum Lesen gebracht.«

»Ich hoffe, dass Sie im Himmel all Ihre Lieblingsautoren sehen werden.«

»Klaus hat mich weniger zu einer bestimmten Lektüre inspiriert, sondern vielmehr zu der Überzeugung, dass so viel mehr möglich ist, als man oft denkt. Dass Alter tatsächlich nur eine Zahl ist und dass herzliche Menschen auch herzlich angenommen werden. Es freut mich sehr, dass sowohl er als auch Sie diese Erfahrung machen durften.«

> »Die inspirierenden Worte von Klaus haben mich sehr bestärkt, meinen Traum, Schriftsteller zu werden, weiterzuverfolgen.«

»Was ihr da zusammen geschaffen und wie viele Menschen ihr inspiriert und berührt habt, wird noch lange bestehen. Vielen Dank, dass du uns seine Welt geöffnet hast!«

> »Es war die unaufgeregte und sehr angenehme Art des Herrn Willbrand, wie er uns eine Kunst nahebrachte, die immer mehr in Vergessenheit gerät und von der wir besonders in stürmischen Zeiten so viel lernen können.«

»Ich fühle eine große Traurigkeit, nehme mir den *Zauberberg* und denke bei mir, dass ich den jetzt in dankbarer Erinnerung lese, weil ich ihn und vieles andere erst durch Klaus kennengelernt habe. Dieser Gedanke hätte ihn bestimmt gefreut.«

»Ich habe seit bestimmt zehn Jahren kein Buch mehr gelesen. Seit ich euch ›kenne‹, habe ich da wieder Lust drauf. Seit Herr Willbrand von uns gegangen ist, sehe ich mich sogar dazu verpflichtet.«

»So schön, dass er eure Freundschaft und die große Wertschätzung seines Wissens und Könnens, seiner besonderen Persönlichkeit, erlebt hat.«

»Wie schön für uns alle, dass ihr beide euch gefunden habt!«

»Er war ein täglicher Lichtblick, ein wohltuender und inspirierender Anachronismus im Müllhaufen der sozialen Medien. Ruhen Sie in Frieden.«

»Es war auch ein Geschenk für die vielen Menschen auf Instagram, dass wir ihm am Ende seines irdischen Lebens wenigstens auf diese Weise begegnen durften. Ich bin sicher, dass er mit seiner Klugheit und seinem freundlichen Wesen nun viele andere Zuhörer erfreuen wird. Ein großer Geist zieht weiter.«

»Keine Lektüre, aber seit er es erwähnt hat, nehme ich mir jeden Tag mindestens eine halbe Stunde und lese .... am Schreibtisch. Game-Changer!«

»Ihre Videos werden mich noch lange begleiten und zur Lektüre verleiten.«

»Hier ist etwas Größeres entstanden. Hier wurde gezeigt, wie Instagram sowie soziale Medien und Co. im Allgemeinen auch funktionieren können – und dies über Alters-, Geschlechter- und jedwede anderen Grenzen hinweg. Das war grandioses Kino. Vielen Dank für die tolle Zeit!«

> »Ich bin traurig, aber das sollte ich nicht sein. Klaus Willbrand hatte ein langes und erfülltes, selbst geprägtes Leben, in dem er selbst in seinem letzten Lebensjahr etwas Neues ausprobiert und damit Erfolg gehabt hat. Er war ein sanfter Kämpfer für das Denken, keines seiner Worte war überflüssig, stets pointiert. Ich denke, wir alle hier werden uns sehr, sehr lange an ihn erinnern, und dieser Account wird der beste Grabstein sein, den er sich hätte wünschen können.«

»Man sitzt vorm Handy und weint um einen Menschen, den man selbst nie getroffen hat. Er war für mich ein wandelndes Lexikon.«

> »Ich habe viele Jahre nur Sach- und Fachbücher gelesen! Durch Klaus fand ich wieder den Weg zu Romanen! Seine Empfehlung, Thomas Mann, *Der Zauberberg*, war für mich eine Inspiration! Als angehender Fahrlehrer zitiere ich gerne aus diesem Werk und erkläre daraus die verschiedenen Sozial- und Lernformen!«

»Zusammen hinterlasst ihr ein unbezahlbares Erbe.«

> »Klaus war ein wahrer Kenner seines Fachs und ein Connaisseur des Lebens. Sein enormes Wissen und seine Begeisterung für die Welt der Bücher haben uns alle inspiriert und bereichert. Klaus war nicht nur für sein profundes Fachwissen bekannt, sondern auch für seinen unvergleichlichen Humor. Mit einem Augenzwinkern und einem schelmischen Lächeln verstand er es, die schwierigsten Themen mit Leichtigkeit zu betrachten und uns alle zum Lachen zu bringen.«

»Er wird unvergessen bleiben!«

Johannes Franzen
Wut und Wertung
Warum wir über Geschmack streiten

Wer einmal erlebt hat, wie der eigene Lieblingsfilm heruntergemacht wurde, oder wer einen Verriss des Lieblingsbuchs gelesen hat, der kennt das tiefe Gefühl des Unwillens, das eine solche Attacke herausfordert. Der Literaturwissenschaftler Johannes Franzen sieht im Streiten über Geschmack eine wichtige Kulturtechnik und versammelt eine Fülle von Kontroversen und Skandalen aus der Welt der Kultur. Kurzweilig und klug analysiert er, warum wir in Bezug auf Romane, Songs, Computerspiele oder Serien starke Emotionen wie Begeisterung und Wut, Liebe und Scham entwickeln und warum Konflikte über diese Gefühle so wichtig und produktiv sind.

432 Seiten, gebunden
978-3-10-397620-5

Weitere Informationen finden Sie auf
www.fischerverlage.de